目次

※この作品は竹書房文庫のために
書き下ろされたものです。

第一章　ＯＬの淫らな副業

1

白い背中が水滴をはじく。うなじの少し下にホクロがあるのを、彼女は知っているのだろうか。

（綺麗だな……）

なめらかな肌はわずかな力でも傷つけそうに危うく見えて、触れることがためらわれた。しかし、背中を流すよう命じられたのであり、このまま何もせずに済ませられるはずがない。

「早くしなさい」

凜(りん)とした命令が、浴室のタイルに反響する。全裸の女性の背後で、ブリーフ一丁の田中昭人は、肩をビクッと震わせた。

「は、はい」

返事の声も震えてしまう。すっかり呑まれている自分に、情けなさが募った。

(しっかりしろよ。女のハダカなんて、初めてじゃないだろ)

とは言え、経験が少ないのも確かだ。

まして、今は後ろ姿しか見えないが、相手は二十代後半の、女として美しく咲き誇ったという趣の美女なのである。二十六歳の昭人より年上ということもあって、命令にも否応なく従ってしまう。

「いい？　ボディソープをしっかり泡立てるのよ。タオルでこするんじゃなくて、泡で洗うの。女の肌はデリケートなんだから」

確かに、肌は二十歳そこそこでも通用しそうにきめ細やかだ。けれど、本人はその肌ほどにデリケートとは言い難い。

何しろ、今日会ったばかりの男の前で、一糸まとわぬ姿を晒しているのだから。

昭人は言われたとおり、薔薇の香りのボディソープを垂らした浴用タオルを、揉むようにして泡立てた。他にすることもなくて、目の前のヌードを眺めながら。

さっき目にした乳房は、お椀の型で取ったみたいに綺麗なかたちをしていた。頂上の突起はブルーベリーソースの色合いで、土台が白いから、まんまスイーツのようだった。

赤ん坊の頃の記憶が蘇るのか、男は抗いようもなく、おっぱいにしゃぶりつきたくなるものだ。その上見た目が美味しそうだから、昭人は懸命に理性を奮い立たせ、我慢しなければならなかった。

後ろから見ても、ウエストはキュッとくびれている。腰へと続くカーブは、女性らしさを湛えた優美なラインだ。小さな椅子に乗ったヒップはどっしりと重たげで、割れ目の上側が見えていた。

そんなエロチックな光景を目の前にすれば、当然ながら男性器はいきり立つ。ブリーフの中で脈打って幾度も反り返り、下腹をぺちぺちと打ち鳴らした。不埒なドラムを彼女に聞かれてはいないかと、それも気にかかる。

彼女は美人の上に、スタイルも抜群。これは男が放っておくはずがない。だからこそ、素質を生かしたアルバイトをしているのだろう。

いや、副業か。

クリーム状になった泡を、昭人は手に取った。指が触れないよう、注意深く肌にこすりつければ、年上の女が肩をピクッと震わせる。

げた。

「あん」

艶めいた声が、鼓膜を悩ましく震わせる。また股間の分身が、ビクンとしゃくり上げた。

「そう、そんな感じ」

うっとりした声音に操られるように、昭人は手のひらをくるくると回し、柔肌を清めた。こんなことで汚れが落ちるのかと、正直なところ疑問を覚えつつ。

背中全体をクリーム泡まみれにしたところで、「もういいわ」と声をかけられる。

ふうとひと息ついたところで、彼女が椅子から立ちあがった。

「今度は前よ」

全裸の美女に見おろされ、慌てて手にしたタオルを広げる。ブリーフのテントを、視線から遮るために。

いや、そんな些末なことより、昭人は命令を反芻して全身が熱くなった。

(前ってことは、お、おっぱいを——)

しかし、今と同じことをさせられるのだとすると、泡を塗るだけで終わってしまう。下から見あげるといっそう存在感のある双房を揉むことはもちろん、触れることも撫でることもできないのだ。

せっかくご馳走を与えられたのに、おあずけだけで終わってしまうようなもの。あんまりだと落胆したとき、目の前の美脚が左右に開いた。

（え？）

昭人の目は、反射的に秘められた部分へと向けられた。

脱衣場で彼女のオールヌードを見せつけられたとき、股間にあるべき毛がなかったものだから、昭人は驚いた。天然のパイパンなのかと思えば、美容クリニックで処理したという。

『今どきの女子は、みんなこうしてるのよ』

彼女はハリウッドセレブみたいな態度と口振りで主張した。しかし、みんなは言い過ぎだろう。事実なら、日本はパイパン天国だ。

その無毛の陰部が、目の高さにあった。

お互いに立って向かい合ったとき、ぷっくりした陰阜（いんぷ）は色素の沈着があるぐらいで、他には何もなかった。おそらく幼い少女であれば、丘を分断する一本線が見えたであろう。

こうして目の位置が下がると、からだの底部に移動した割れ目と、そこからはみ出した花びらの一部が確認できた。さらに、視界の左右から侵入した指が、陰唇を左右にくつろげる。

「ああ……」

感嘆の声が溢れる。花びらがほころび、秘められたところが大胆に暴かれたのだ。

「ここを綺麗にしなさい」

命じる声が、かすかに震えていた。

「今度は泡を使わないで、舌でクリーニングするのよ」

つまり、女芯を舐めて綺麗にしろというのか。それはクリーニングではなく、クンニリングスである。

淫靡な光景に、そんなツッコミを口にする余裕はなかった。昭人はナマ唾を呑み、魅惑の園に顔を近づけた。

むわ——。

ぬるい女くささが、鼻腔を悩ましくさせる。彼女は最初にざっとからだを濡らしただけで、股間も洗っていなかった。

そのため、昭人は女性の正直な匂いを嗅ぐことになったのである。しかも一日働いたあとの、かなり濃厚なものを。

いささかケモノっぽいチーズ臭を、忌避する感情はまったく湧かなかった。むしろ、心を揺さぶられてしまう。

（こんな匂いなのか……）

女性器に口をつけたことは、過去にもある。けれど、そのときは相手がシャワーを浴びたあとだったから、匂いらしい匂いはなかったのだ。

初めて嗅いだ恥臭に、ここまで惹かれるのが不思議だった。決してかぐわしいとは言えないものなのに。

牡は本能として、牝のパフュームに惹きつけられるようになっているのか。そんなことを考えつつ、ほころんだ唇に口をつけようとする前に、

「白いカスがついてても、しっかり舐めるのよ」

と、あられもない指示をされた。

（いや、恥ずかしくないのかよ？）

女陰を大胆に晒したばかりか、恥垢まで舐めさせるなんて。

ところが、目を近づけても、あからさまな汚れは見当たらない。どうやら年下の男をからかうか怯ませるつもりで、そんなことを言ったらしい。

美女のすべてを暴きたい心持ちになっていた昭人は、かえって落胆した。こんな綺麗なひとの恥垢なら味わってみたかったのにと、変態的な願望を抱く。

(――て、おれ、どうなっちゃったんだよ？)

ほんの短い時間のあいだに、身も心も彼女に支配されてしまったかのようだ。

とりあえず、言われたとおりに奉仕する。わずかな塩気を感じつつ舌を這わせれば、無毛の女芯がキュッとすぼまった。

「あふぅうう」

喘ぎ声が聞こえ、女らしい下肢がピクピクと痙攣する。恥ミゾや秘核を丹念にねぶると、彼女は腰をくねらせてよがった。

「そ、そこいいッ。もっとぉ」

あられもない訴えに、昭人はそういうことかと理解した。

(汚れているからじゃなくて、敏感なところを舐めさせたかったんだな)

だったらお望みどおりにと、尖らせた舌先で抉るように攻める。ミゾをほじり、クリトリスをチロチロと転がした。

「いい、いいの、気持ちいいッ」

声を震わせて悦びを訴える美女が、次第に愛しくなってきた。こんなにも感じてくれるのならと、舌づかいに熱が入る。

「あうう、も、もう」

彼女の両手が頭に添えられ、昭人は鼻面を股間に強く押しつけられた。もっと舐めろというのか。それとも、膝が笑って立っていることが困難になり、身を支えるために頭を摑んだのか。

窒息しそうになりながらも、懸命に舌を躍らせていると、「あああっ」と極まった声が聞こえた。

「い──イクッ、イッちゃう」

昭人は髪の毛をくしゃくしゃにされた。程なく、

「イクぅっ！」

鋭い声がほとばしり、艶腰がガクンとはずんだ。

「あ──はふぅ」

美女が大きく息をつき、顔から離れる。視界が開け、崩れるように椅子に腰掛ける彼女が見えた。

（……おれ、このひとをイカせたんだ）

感激で胸が震える。女性の絶頂シーンを目の当たりにするのは初めてだったのだ。しかも、自分が導いたのである。

肩で息をしていた彼女が、顔をあげる。赤らんだ頰が色っぽい。

「イッちゃった……」

つぶやくように言って、口許(もと)をほころばせる。妖艶(ようえん)な微笑に、昭人は猛(たけ)りっぱなしの分身を雄々しく脈打たせた。

そこに何かが触れる。

「あうっ」

昭人はたまらず腰を引いた。ズキンと電撃みたいな快感が生じたのである。

高まりに触れたのは、彼女の爪先だった。

「こんなにギンギンにしちゃって」

嬉しそうに目を細める美女。顎をしゃくり、「脱ぎなさい」と命じた。

昭人が跪(ひざまず)いたままブリーフを脱いだのは、立ちあがったら勃起ペニスが彼女の目の高さになり、まともに見られてしまうからだ。それはさすがに恥ずかしい。脱ぐときにもその部分を手で隠し、できるだけ視線を遮った。

年下の男が苦労して一糸まとわぬ姿になるのを、年上の女は小気味よさげに眺めていた。そして、ブリーフが足先から抜かれるなり、

「手をどかしなさい」

無慈悲に言い放つ。

（うう、そんな）

羞恥にまみれ、昭人がためらっていると、

「わたしのオマンコを見たんだから、あなたもおチンポを見せなさい」

彼女ははしたない言葉遣いで命令した。

あれは見たのではなく、見せられたのだ。そんな反論をする余裕もなかったのは、美女が発した禁断の四文字に衝撃を受けたためもあったろう。

怖ず怖ずと手をはずせば、あらわになった屹立に、再び爪先がのばされる。筋張った筒肉に軽く這わされただけで、腰の裏がゾクッとする快美感が駆け抜けた。

「ううう」

堪えようもなく呻くと、目の前の美貌が愉しげにほころぶ。

「ふふ、気持ちいいの？」

彼女は足指で肉胴を挟み込み、スリスリと上下させた。

「だ、駄目です、そんな」

息を荒ぶらせながら頼んでも、聞き入れられることはなかった。それどころか、今度は両足を使い、硬肉を左右から包み込むようにしてしごく。

「あああ」

　昭人はのけ反って喘いだ。美女に足コキをされるという背徳的な状況にも、快感を押し上げられるよう。

「あら、足でシコシコされるのが気持ちいいの？　ヘンタイなんだから」

　なじられて、胸の内で言い返す。

（いや、こんなことをして喜ぶ、お姉さんのほうが変態でしょ）

　もちろん口には出せず、高まる愉悦に体躯をヒクヒクさせるのみである。

　さっき、彼女の背中を流すのに使った浴用タオルは、床に置いてある。そこに綺麗な足先がのばされ、残っていたクリーム状の泡を掬い取った。

　それが牡のシンボルに塗りつけられ、ヌルヌルとこすられる。

「ああ、あ、そんな」

　目のくらむ悦びが、下半身から力を奪う。昭人は浴室の床に尻を据えていたものの、その姿勢ですら維持するのは困難であった。それほどまでに気持ちよかったのだ。

「おチンポがビクビクいってるわよ。もうイッちゃいそうなんじゃない？」

　美女が含み笑いで訊ねる。事実であったが、昭人は返答しなかった。こんなに早く昇りつめるのは、男としてのプライドが許さなかったのだ。

　もっとも、こびりついた泡を流すほどに、先走り汁が滴っていたのである。絶頂が迫っているのは、見た目にも明らかだった。

「ねえ、気持ちいいんでしょ？　いいのよ。わたしに白いのをぶっかけても」

媚笑を湛えての誘いに、理性がくたくたと弱まる。このままでは、本当に綺麗な脚をザーメンで汚してしまいそうだ。

(どうしてこんなことになったんだ……)

快感に総身を震わせつつ、昭人はここに至る経緯をぼんやりと振り返った——。

2

「お仕事をお願いする場所は、ここになります」

昭人が連れていかれたのは、都心から離れたところにある団地だった。三棟が平行に並んだコンクリート製の建物は、昭和の時代に小山を拓(ひら)いて建設されたという。

しかし、それほどの古さは感じない。何でも、二年ほど前に改装されたとのことだった。外壁ばかりでなく、内装からすべてを。

とは言え、前時代的な佇(たたず)まいはそのままだ。世間から隔絶された印象は否(いな)めない。

最初の住人たちは高齢になって転居し、ほとんど入れ替わっているそうだ。改装されても築年数が五十年を超えるから、３ＤＫでも家賃は安いとのこと。そのため、単身で借りているひともけっこういるらしい。

「静かな場所ですね」

昭人はあたりを見回し、案内してくれた女性に話しかけた。

「そうですね。住宅街のはずれですし、ここは少し丘になっていますから」

彼女の受け答えは、どこか素っ気ない。最寄り駅の前で待ち合わせ、最初に顔を合わせたときから、あまり感情を表に出さないひとに見えた。

(けっこう綺麗なのに)

笑えばもっとチャーミングだと思うのだが。

上下黒のパンツスーツで、ショートカットの髪も染めたことがなさそうにツヤツヤしている。眼鏡もかけているから、見た目が地味なのは確かである。けれど、よく見れば鼻筋のとおった美人で、肌も綺麗だ。年はおそらく、二十六歳の自分とそう変わりないのではないか。

彼女は仕事を斡旋(あっせん)する会社の社員で、もらった名刺に印字されていた名前は篠原(しのはら)香澄(かすみ)。彼女について昭人が知っているのは、そのぐらいだった。

普段、異性との交流があまりないし、できれば仲良くなりたくて、ここに来るまでくれなかった。

のあいだもあれこれ話しかけたのだ。しかし、香澄は必要最小限の受け答えしかして

（怒っているわけじゃないんだよな）

そんなふうに思ってしまうのも、無理からぬこと。おそらくは、仕事とプライベートをきっちり分けるタイプなのだろう。

こういう真面目そうな女性に限って、ベッドでは豹変するのではないか。実は女王様タイプで、男にあれこれ命じて奉仕させるのが好きなんだとか。

などと、ついいやらしい妄想してしまう昭人であった。

（いや、欲求不満かよ）

自らにツッコミを入れる。実際、童貞でなくても経験は少ないし、最後にセックスしてから三年近く経っているのだ。

お金がないから風俗にも行けず、欲望処理は右手のみ。満たされていないのは確かである。

そのせいで、先導する香澄のおしりを、まじまじと見てしまう。わずかに浮かんだパンティラインにも、股間を熱くする始末。

今日からこの団地で仕事をしなければならないというのに、そんな不真面目なこと

でどうするのか。気を引き締めたものの、

「こちらです」

と案内され、真ん中の二号棟に入って階段を上がるときにも、魅惑のバックスタイルに視線を奪われてしまった。

彼女の上着は丈が短めで、下半身を隠していない。窮屈そうな黒いボトムの丸みが、目の前でこれ見よがしにぷりぷりとはずむのだ。

(いいおしりだなあ……)

横にも後ろにも豊かに張り出し、綺麗な双丘をかたちづくる。縦の割れ目から続く下側のラインも、コンパスで描いたみたいな波形だ。

ここまで見事なヒップの持ち主は、グラビアアイドルにもそういないのではないか。

昭人はもともとおっぱい派だが、おしり派に鞍替えしてもいい気がした。

できれば下半身をすべて脱がし、ナマ尻を拝みたい。そんな衝動と闘いながら導かれた先は、最上階の五階にある部屋だった。

(エレベーターぐらいつければいいのに)

昭人は息を切らし、胸の内で不平を垂れた。これより低い建物でも、エレベーターが設置されているのはざらだというのに。香澄に渡された、仕事道具の入った大きなバッグを肩から提げていたものだから、余計につらかった。

にもかかわらず、ずっと尻に見とれていたのだから、浅ましい限りである。

「本日は、このお部屋をお願いします」

香澄が鍵（かぎ）を開けて中に入る。住人がいないのを知りつつも、昭人は「お邪魔します」とあとに続いた。

手狭な玄関の先は短い廊下で、左側の引き戸を開けるとダイニングキッチンであった。廊下を挟んだ向かい、右側には洗面所兼脱衣所と浴室、トイレがある。

奥に進む途中、左手にもうひとつドアがあって、そこは四畳半の和室だった。突き当たりは八畳と六畳の洋間で、ふたつの部屋はスライドドアで仕切られている。

（けっこう広いじゃないか）

もともと家族向けの物件だから、このぐらいの部屋数は必要なのか。夫婦に子供、場合によっては年寄りも同居したかもしれず、そうすると手狭かもしれない。

それでも、聞いていた家賃からすれば、かなり破格である。しかも改装され、どこもかしこも新しくなっているのだから。

仕事のため、昭人はすべての場所を見せられたのであるが、洗面台も真新しいし、浴室も広くて綺麗だった。トイレもちゃんと温水洗浄がついていた。

正直、自分も住みたいと思ったものの、貧乏が板についた身では、他をかなり切り詰めないと払えない。

「ざっとこんなところですけれど、何か質問はありますか？」

部屋のすべてを案内し終えて、香澄が訊ねる。昭人は「あの――」と口を開きかけたものの、

「いえ、何でもありません」

と、質問を引っ込めた。彼女に訊いてもしょうがないかと思ったのである。

この部屋は、女性の独り暮らしだと聞いていた。だが、洗面台には歯ブラシがふたつ並んでいたし、浴室には男性用のシェービングクリームと剃刀もあった。他にもちらほらと男の痕跡が見えたから、本当に独り暮らしなのか疑問に思ったのである。

まあ、たまに彼氏を引っ張り込んでいるのかもしれないし、そんなことは香澄もあずかり知らぬことであろう。知りませんと冷たく返されるのがオチだ。

「では、今日からよろしくお願いします。ただ、先ほどもお伝えしましたが、田中さんはあくまでも仮採用です。ここと、あといくつかの部屋を担当していただいて、その仕事ぶりで本採用にするかどうかが決まります。しっかり頑張ってください」

「わかりました……」

「では、わたしは帰ります。何かありましたら、携帯に連絡してください。それから、これをお預けします」

さっき部屋を開けるのに使った鍵が渡される。香澄があまりに凜とした態度だったものだから、昭人は思わず両手を差し出し、押し戴いてしまった。

「お預かりいたします」

これに、彼女が眉をひそめる。ふざけているように感じられたのか。

（まずいまずい）

初手から信頼をなくしては、本採用など見込めない。昭人は姿勢を正し、

「しっかり頑張ります」

と宣言した。

「ああ、それから、あなたの部屋はこの棟の一階になります。階段の上がり口の脇に窓口とドアがあったと思いますけど、もともと管理人室だったところです。今は誰もいませんが」

昭人は住み込みで働くことになっていた。前の住まいから運び出した荷物は、今日中に届くはずである。

「管理人室ってことは、ここほど広くないんですよね？」

いちおう確認すると、「当然です」と言われる。

「四畳半とシャワー室、あとはトイレのみです。いちおう流し台はありますけど」

まあ、雨風が防げるのなら御の字だ。何より、部屋代はタダだというのだから。

(でも、本採用にならないと、そこも追い出されるんだよな)

しっかりやらないと、路頭に迷うことになる。

「あとで、おれの荷物が届くんですよね。だったら鍵を開けておかないと」

「それはわたしがやっておきます。仕事がすべて終わるまで、田中さんはこの部屋から決して出ないように。住人の方にチェックしていただいて、ＯＫをもらって終了になりますから」

「わかりました……」

「お渡しした鍵は、住人の方にお返ししてください。では、あとはよろしくお願いします」

昭人ひとりを残し、香澄はさっさと出て行った。美味しそうな臀部を、ぷりぷりと左右に振りながら。

(くそ、ヤリてえなあ)

あのたわわな尻を鷲掴みにして、バックから貫きたい。などと、黒いパンツに包まれた丸みの残像を反芻する。

しかし、そんなことをしている場合ではなかった。

昭人は雑念を振り払ってバッグを開け、まずはゴム手袋を装着した。それから、業務用の洗剤とカビ取り、ブラシやスポンジなどを取り出す。

(ようし、やるぞ)

昭人はむんと気合いを入れた。「家政夫」としての第一歩を踏み出すために。


高校を卒業し、故郷の田舎町を離れて上京したのは、べつに家政夫になるためではなかった。それはあくまでも、生活の糧を得るための手段だ。

昭人が目指したのは、お笑い芸人であった。

それにしたところで、崇高な目的があったわけではない。幼い頃からお笑いやバラエティー番組が好きだったのは事実ながら、誰かを笑わせてお金が稼げるなんて気楽だと、実に安易な考えで進路を決定したのである。加えて、女の子にモテるに違いないという下心もあった。

もちろん両親には、そんなことは言えない。芸人になるのが昔からの夢だった、是非とも叶えたいと、涙ながらに訴えたのだ。

結果、案外あっさりと東京行きを許してくれたのは、狡い演技に騙されたためでもなかったらしい。

両親は共働きで、昭人は小学生の頃から、弟と妹の面倒を見させられた。家事を任されることも多く、そのため友達と遊べないなんてのもざらだった。

そのことを負い目に感じていたからこそ、長男を快く船出させたのである。恋人ができなかったのも弟妹の世話と家事のせいだと、両親は決めつけていたようだ。

もっともそれは、好きな子がいても告白できなかった、彼のへたれな性格に因るのだが。

ともあれ、昭人とて着の身着のままで、あてもなく上京したわけではない。その前に養成所の面接試験を受けて合格し、アルバイト先と住まいも見つけ、準備万端整ってから田舎をあとにした。いつかビッグになってやると、胸に希望の火を燃やして。

養成所とはいっても、お笑いタレントの事務所が経営するそこで学べるのは、わずか半年だった。その後、オーディションを経て、事務所に所属する芸人になれるかどうかは、センスと才能がものを言う。

そこまでにはなれずとも、とりあえずライブには出演させてもらえる、事務所預かりの芸人になる場合もある。また、諦めて他の事務所のオーディションを受ける者もいれば、養成所段階で早々に挫折して、芸人の道を諦める者も少なくない。

昭人はと言えば、養成所で出会った男とコンビを組み、卒業後は事務所預かりの身となった。ライブで高い評価を得られれば、正式に所属が決まるのである。

かくして、お笑い芸人としてのスタートを切り、事務所主催以外のライブにも出演するなどして経験を積んだ。もともと漫才をするためにコンビを組んだものの、コントにも挑戦し、芸人仲間から面白いと言われることも増えてきた。

またライブのチケットを取り置き——サイトなどで購入するのではなく、芸人にメールなどで予約すること。集客力を認められて事務所の評価が上がるほか、芸人に割り戻しが発生する場合もある——してくれるファンも現れ、少しずつ知名度が上がった。

芸人になればモテるに違いないという思惑は、あながち間違っていなかった。ライブのあとには出待ちのファンがいて、中には芸人と肉体関係を持ちたいという、所謂グルーピー的な女子も存在したのである。

そんなファンのひとりに、昭人は飲みましょうと誘われた。

居酒屋で酒を奢られたあと、ラブホテルへ直行。しかし、キスすらしたことのなかった未経験の哀しさで、挿入寸前で爆発の憂き目に遭った。幸いにもお口のサービスでどうにか復活し、無事に童貞を卒業した。

その後、別のファンとも関係を持ったが、どちらも一回こっきりで終了。セックスしたのは、都合二回のみである。恋人は未だにいない。

かように、望みが叶った部分はあるにせよ、芸人の収入だけで生活するにはほど遠かった。テレビなどのメディアに登場することもなく、あくまでも知る人ぞ知る存在でしかなかったのだ。

それでも、いつかは売れることを夢見て、アルバイトにも励みながら頑張ってきたのである。

芸人になって八年目の今年、年が明けて間もなく、相方から芸人を辞めたいと言われた。いつまで経っても芽が出ないし、この先も売れる見込みがない。諦めて故郷に帰り、就職するというのだ。

昭人はもちろん引き留めた。今は我慢のときであり、必ず売れると説得した。おかげで、もう少しやってみるという返答を得られたものの、自信のネタを引っさげて参加したコンテストでひと笑いも起きず、彼は心が折れてしまった。

こうしてコンテストの解散と、相方の芸人引退が決定した。

昭人たちは、コンビで事務所預かりになっていた。解散となれば、昭人も退所することになる。

別の相方を見つけて新たなコンビを組むのか、それともピン芸人として出直すのか。芸人を諦めきれない昭人は、次の道を考えねばならなかった。

だが、その前に、生活基盤を確保する必要があった。

上京して最初に住んだアパートは一年で出て、昭人は相方と古い賃貸マンションでルームシェアをしていた。家賃は折半だったから、ひとりになったらとても払えない。

よって、何よりも新たな住まいを見つけることが先決だ。

貯えなど僅(わず)かしかなかった。仮に住むところが見つかっても、敷金などの初期費用が払えないから引っ越せない。

手っ取り早くお金を稼ぐ方法はないかと、昭人は八方手を尽くして探した。そして、住み込みでできる仕事を見つけたのである。

お金がもらえて住まいも与えられるのなら、これほど好都合なことはない。しかも仕事内容は、昭人が得意な分野だ。

そこが募集していたのは家政婦だった。ただ、男女不問と書かれていたから、家政夫でもＯＫなようである。

小学生のときから家事を担ってきたから、ひと通りのことはできる。芸人になってからも、同じ事務所の先輩の部屋を掃除したり、みんなが集まったときに料理を担当するなどして重宝がられた。相方と住んでいたときも、家事はすべて昭人がして、そのぶん家賃の負担を減らしてもらったのだ。

かように慣れているし、自己流ながらあれこれ工夫もしてきた。これなら家政夫もできるはず。

すぐさま斡旋会社の担当者に電話し、仮採用ということで話が決まった。前のマンションから退去日ギリギリに荷物を運び出し、晴れて本日、新たな一歩を踏み出したのである。

3

その部屋は、一見片付いているようであった。その実、表向き体裁を整えたというだけで、手をつけていないところがそこかしこに見られた。

浴室であれば、たとえば壁と床の境界部分のカビや、排水口の髪の毛など、見ようともしない、あるいは見たくないところが悲惨なことになっていた。浴槽の水垢(あか)すら、きちんと取れていない。触れるとザラザラするからわかるのだ。

（女性だから、部屋を綺麗にしているってわけでもないんだな）

脱衣所も、洗面台の棚や床の隅に埃（ほこり）が溜まっている。洗濯機には何種類もの衣類が、ネットも使用せずに突っ込まれていた。

こうなったら順番に、ひと部屋ずつ綺麗にしていくしかない。昭人は洗濯から始めることにした。すぐに洗濯機を動かすのではなく、まずは衣類を分類する。

洗濯物の中には、ブラジャーやパンティなどの下着もあった。カラフルな薄物に心を動かされなかったのは、気持ちが家事モードになっていたからだ。やるべきことが多くあり、余計なことにかかずらっている余裕はなかった。

加えて、衣類が長い期間入れっぱなしだったらしく、洗濯機の蓋を開けるなり、むわっと強烈な匂いがしたのだ。これでは、どれほどセクシーな下着であっても、単なる汚れ物でしかない。ブラは専用のワイヤー付きネットに、パンティはストッキングと一緒に薄手のネットに入れ、急いで洗濯機を回した。

本当なら、パンティは事前に手洗いをするべきなのである。クロッチの染みはしつこくて、洗濯機だけではちゃんと落ちない。長年、幼い妹のパンツを洗ってきたからわかるのだ。

もしも綺麗になっていなかったら、あとで洗い直すことにしよう。その作業は後回しにして浴室を綺麗にし、次はキッチンへ移動する。排水口の中にヌメりがこびりついていたので、専用の洗剤できっちり溶かした。

同時進行でガス台も磨き、食器棚も整理する。昭人は慣れた家事をてきぱきとこなしていった。

(ひょっとして、仕事が忙しいから、家のことは全部後回しにしているのかな)

各部屋をクリーニングしながら、ふと考える。

ここの住人がどんな女性なのか、独り暮らしということ以外は聞かされていない。だが、ウォークインクローゼットには高価そうなスーツが並び、ドレッサーにもブランド物の化粧品や香水などが、所狭しと置いてあった。

常に身なりを整えて、勤めに出ているのが窺える。ベッドの上にパジャマが脱ぎっぱなしなのは、朝を慌ただしく過ごした名残だろう。

そんなところを目にして、バリバリと働くキャリアレディではないかと予想したのである。単にがさつだからきちんとしていないのとは違う気がした。

(だけど、キャリア志向の女性なら、都心のマンションとかに住むんじゃないか?)

郊外の団地には似合わない気がする。それとも、何か目的があってお金を貯めようと、安いところに住んでいるのか。

とにかく、仕事の疲れとストレスが癒やせるように、綺麗な部屋で気持ちよく過ごさせてあげたい。昭人は心を込めて掃除をした。

六畳間に置かれたベッドはダブルサイズだった。やっぱり彼氏がいるんだなと納得しつつ、枕カバーやベッドカバーも交換する。

同じく洋間の八畳間は、リビングとして使っているようだ。ソファーのクッションも染みがあったので、手洗いして陰干しにした。

四畳半の和室は、普段使われていないと見える。物置代わりらしく、色々なものが雑然と置かれていた。それらを一度出して畳を拭き、カビ防止のシートを敷いてから、改めて整頓した。

かくして、夕方までにはほとんどの掃除と、洗濯も終えたのである。

最後の仕上げにとダスターを手に、埃などが残っていないか各部屋をチェックしていると、携帯に着信があった。

「はい、田中です」

『お疲れ様です。作業の進み具合はいかがですか？』

声を聞いて、香澄だとわかった。

「ええ、順調です。もうじき終わります」

『でしたら、夕食の準備もしておいてください』

それはあらかじめ言われてなかったので、昭人は戸惑った。

「え、夕食ですか？」

『住人の方から追加の依頼があったんです。家でご飯が食べたいからと』

「じゃあ、買い物を――」

『いえ、その必要はないそうです。冷蔵庫に残り物があるから、それで何かこしらえてほしいとのことです』

確かに、冷蔵庫には食品がけっこうあった。中を掃除して整頓するとき、賞味期限切れのものや腐りかけの野菜などは処分したのであるが、一食分を賄う(まかな)には充分すぎる量がまだある。

おそらく自炊をしようにも忙しくて、食材が溜まってしまったのだろう。せっかく家政婦をお願いしたのだから、余り物もどうにかしてもらおうというところではないのか。

いや、もしかしたら、これも本採用にするかどうかのテストなのかもしれない。掃除だけでなく、料理の腕前も見ようとして。

などと深読みし、昭人は「わかりました」と答えた。

『では、お願いしますね。住人の方は、七時ぐらいには帰るそうです』

それなら時間は充分にある。

掃除の最終チェックを終えると、さっそく料理に取りかかる。まずは米をとぎ、炊飯器にセットした。

（さて、何を作ろうか……）

残り物で料理をするのは、けっこう得意だった。実家でも、お腹が空いたと駄々をこねる弟と妹に、あり合わせでおやつをこしらえたこともある。

冷蔵庫の残り物は、野菜が多かった。独り暮らしで不足しがちだから、意識して摂（と）ろうとしたのだろう。残念ながら、料理をする余裕はなかったようだが。

ならば、日持ちのするものをこしらえておけば、住人の女性も助かるのではないか。ニンジンや大根などの根菜と椎茸（しいたけ）で煮物を作る。葉野菜はおひたしにし、油揚げがあったのでそれも使った。

残った野菜は細かく刻んで挽肉と混ぜ、ハンバーグにした。今夜食べるぶん以外はひとつずつラップして冷凍する。食べたいときに解凍して焼けばいい。

料理をしながら、昭人は洗い物もした。使った鍋や器などを、すぐに洗って片付けるのだ。これはいつもやっていることで、ガス台も汚れがあろうが拭く。

あとでまとめてなんて考えると、かえって面倒になる。その場で直(ただ)ちに処理したほうが、次の作業もしやすいのだ。

かくしてご飯が炊け、おかずも揃う。味噌汁を味見し、（よし）とひとりうなずいたところで、玄関のドアが開く音が聞こえた。

「あー、いい匂い」

ダイニングキッチンの引き戸を開けるなり、嬉しそうに声をはずませたのは、パリッとしたグレイのスーツをまとった女性であった。

昭人を見て平然としていたのは、家政婦が入ると知っていたからだろう。男であることも聞かされていたのかもしれない。

「お、お帰りなさい」

挨拶をした昭人は、胸を高鳴らせた。

予想どおり、いかにもキャリアレディという印象の彼女は、かなりの美人でもあったのだ。街ですれ違ったら、男なら誰もが振り返るのではないか。

香澄も整った顔立ちであったが、全体に地味な印象は否めない。彼女が白百合(しらゆり)であるとするならば、目の前の美女は明らかに薔薇であろう。

と、陳腐な喩(たと)えしか浮かばないものの、実際にそう思えるのだから仕方がない。

「あ、ええと、おれ――僕は、家政夫の田中昭人と申します」

ペコペコと卑屈なぐらい頭を下げると、美貌のキャリアレディが可笑(おか)しそうにクスクスと笑う。その笑顔は愛らしくも、妙に艶っぽい。

「わたしは渡辺瑠璃子(わたなべるりこ)よ。よろしくね」

名乗られて、名は体を表すとはこのことだと、昭人は実感した。まさに宝石のような美しさではないか。

「ご飯のほうはできてますので」

「そうみたいね。じゃあ、着替えてくるわ」

瑠璃子が奥に向かい、昭人はようやく安堵した。美女を前に、かなり緊張してしまったのだ。

（あんな綺麗なひとだったなんて……）

そのプライベートに踏み込んで、あらゆるところを暴いたのである。そんな経験は、しようと思ってもなかなかできることではない。

次の瞬間、昭人は激しく後悔した。

（ええい、しまった。こんなことなら――）

ベッドや枕のカバーには、彼女のいい匂いが染みついていたのである。どうしてしっかりと嗅いでおかなかったのか。

それ以上に惜しいのは洗濯物だ。蒸れた匂いに辟易して、さっさと洗ってしまったのである。あのひとのものだとわかっていたら、どんなにあからさまな残り香だって貴重なお宝なのに。

むしろ、生々しければ生々しいほどいい。あんな美人がこんな匂いをさせているなんてと、昂奮もひとしおだろう。パンティの染みだって、何なら舐めて綺麗にしてあげるのに。

などと、変態的な願望を抱き、地団駄を踏む昭人であった。

住人が美女だと事前にわかっていたら、あちこちを嗅ぎまくり暴きまくりで、少しも仕事にならなかったはずだ。掃除をするどころか、堪えきれずにオナニー三昧でザーメンを撒き散らし、丸めたティッシュの山をこしらえたことであろう。

今となっては手遅れの後悔を噛み締め、食卓の上に手料理を並べる。ご飯と味噌汁をよそったところで、瑠璃子が戻ってきた。

「どこもかしこも綺麗になってたわ。さすがプロね」

最大級の称賛の言葉が嬉しくて、お礼を述べようと振り返るなり、

「あ――」

昭人は声を洩らして固まり、危うく手にしたお椀を落とすところであった。なぜなら、彼女は着替えてくると言いながら、スーツを脱いだ下着姿だったのである。

いや、正確に言えばそうではない。黒地にピンクのフリルで飾られた、愛らしくもセクシーなブラとパンティがまる見えなのは確かながら、その上にもう一枚、ちゃんと着ていたのである。

もっともそれは、肌も下着も透かす薄いもので、袖なしの上に超ミニ丈だ。肩も太腿もまる出しだし、正直、衣類としての役割がどこにあるのか不明である。何と呼ばれるランジェリーなのかもわからない。

瑠璃子は美人の上にプロポーションも抜群で、綺麗な谷間をこしらえる胸元と、ウエストのくびれに目を惹かれる。セクシーを通り越して、もはやエロチックだ。

（なんだってこんな格好を――）

目にした側が羞恥に苛まれる。昭人は女性経験が少ないため、うろたえるばかりであった。

「そ、それじゃ、おれはこれで失礼します」

逃げるしかないと、頭を下げて去ろうとしたものの、

「ダメよ」

ぴしゃりと告げられ、足が止まる。

「……え？」

「あなたもいっしょにご飯を食べるの」

「あの、でも」

「後片付けだってあるし、他にもお願いすることがあるんだから」

雇い主にそう言われては、従うより他なかった。


美女とふたりっきり、向かい合って食事をするなんて、昭人は生まれて初めてだった。緊張するなというほうが無理である。

初体験の女性とも居酒屋で飲んだけれど、彼女は顔もスタイルもごく普通で、瑠璃子の足元にも及ばない。あのときも緊張していたが、それはいよいよセックスができそうだという、期待を伴ってのものだった。今とは種類が違う。

などと、せっかく童貞を奪ってくれた女性に対して、失礼なことを考える昭人は、食事が喉を通らない上に、味もわからなかった。

それでも、瑠璃子が屈託なく話しかけてくれたことで、次第に緊張がほぐれてくる。手料理を美味しいと褒められて嬉しかったし、シースルーのランジェリーに透けるブラジャーも、いつしか見慣れてしまったようだ。

家の手伝いをさせられて、家事が得意になったことを昭人は話した。さらに、本業はお笑い芸人であることも告げると、

「へー、すごいんだね」

彼女は素直に感心してくれた。単なる社交辞令というふうでもなかったから、昭人はひたすら照れくさかった。

「まあ、今は開店休業中なんですけど。解散して、相方が田舎に帰ったので。これからどうするか思案中なんです」

「でも、芸人を辞めるつもりはないんでしょ？」

「そうですね。せっかくこの道に足を踏み入れたんですから、足跡ぐらいは残したいかなって」

「偉いわね」

瑠璃子の目は、弟を見つめる姉のそれのように感じられた。実際、彼女のほうが年上なのである。さっき問われるまま、昭人が二十六歳だと答えたら、

『じゃあ、わたしのほうが三つお姉さんだね』

と、目を細めて言ったのだ。それで二十九歳だとわかった。三十路（みそじ）手前なら、これ

だけ色っぽいのも不思議ではない。

(まあ、彼氏がいるのも当然だよな)

部屋の中にあった男の痕跡を思い出し、胸がチクッと痛む。完全に高嶺の花で、どう足掻いても手の届かない相手だとわかっていても、せっかくこうして知り合えたのだ。すでに他の男のものだなんて切なすぎる。

「だけど、立派よね」

「え、何がですか?」

「芸人さんって、プロダクションとかに所属しているのかもしれないけど、結局のところ個人事業主じゃない。命じられて何かするわけじゃなくて、ネタっていうの? そういうのを自分で考えて、ウケるウケないって評価も、全部自分に降りかかるわけでしょ」

「まあ、そうですね」

「だから、すごいなと思って。わたしなんて会社に雇われている身分だから、気が楽だもの」

誰かを笑わせてお金がもらえるのなら御の字だと、昭人は安易な気持ちで芸人になったのだ。そんなふうに感心されるのは、心苦しかった。

だが、彼女が言ったとおり、すべての結果が自分に返ってくるのは事実である。同じ芸人以外で、そのことをわかってくれるひとに出会ったのは初めてだった。

「お勤めだって大変じゃないですか。忙しくて残業になったりとか」

「まあね。だけど、わたしは責任を取る立場じゃないもの。やることさえやっていれば、お給料がもらえるわけだし」

同僚たちの先頭に立ち、バリバリと仕事をこなすキャリアレディかと思っていたのだが、そうでもないのだろうか。もっとも、こちらを持ちあげるために、卑下しているだけかもしれない。

「おれも今は芸人を休んで、雇われている身分ですけど。ここで仕事をするように、家政婦斡旋会社のひとに命じられたんですから」

「それならわたしもいっしょよ。雇われてここにいるんだから」

「え？」

瑠璃子の言った意味が、昭人はすぐに理解できなかった。どういうことなのかと、目をぱちくりさせる。

「この部屋、わたしが借りてるわけじゃないの。ここで仕事をするように言われたから、引っ越してきたのよ。家賃を払ってるのは、わたしの雇い主なの」

そこまで言われても、さっぱり話が見えてこない。

「あの……ここで仕事って、何かされているんですか？」

「愛人よ」

「あいじ――えっ⁉」

「わたしは会社勤めをしながら、副業で愛人をしているの」

まったくもって理解し難い話に、昭人は開いた口が塞がらなかった。

なるほど、セクシーなランジェリーをまとった瑠璃子は、格好だけならいかにも愛人っぽい。妻子がありながら若い女にうつつを抜かす助平オヤジが、鼻の下を長くしそうである。

けれど、そもそもそういう女性は、都内の高級マンションとかでパパを待っているものではないのか。少なくとも、映画やドラマで観た愛人はそうだった。

ここは庶民的な団地なのである。地位と権力、それから財力がある男にのみ持つことが許される愛人の住まいとして、相応しいとは言えまい。

と、昭人は思ったのであるが、

「ようするに、そういうのが許されない社会になっちゃったのよ」

瑠璃子が嚙んで含めるように説明する。

「昔は、愛人や妾を持つのは男の甲斐性みたいに言われたけど、今はむしろ、権力や財力のある人間ほど、倫理的な行動を求められるでしょ。それこそ芸人さんだって、かつては女遊びは芸の肥やしとか言われてたのが、今は不倫でもしようものなら叩かれて、謝罪会見までさせられるじゃない。愛人なんてのは死語に等しいのよ」

彼女の話に、昭人も（確かに）とうなずいた。つい最近、不倫をした芸能人が、世間的な話題になったばかりである。

「それに、仮に許されたとしたって、愛人を持つのは大変なのよ。まずは好みの女の子を口説かなくちゃいけないし、それがうまくいったら、今度は住むところの家賃から、月々のお手当てまで払わなくちゃいけないんだもの。要は、ふたつの家庭を養うようなものなんだから」

「そうですね……」

「だけど、今は不景気だし、そこまでの財力がある人間なんて、ごく限られるでしょ。そんなに大変なら愛人なんていらないってことになっちゃって、今や愛人文化は絶滅寸前なのよ」

どこぞのタレントが、かつて不倫は文化だと言ったらしい。しかし、愛人も文化だなんて知らなかった。

「で、この事業を始めたひとは考えたの。もっと簡単に愛人が持てる方法はないかって。それから女の子のほうも、気軽に愛人になれる方法はないかってね」

システムとしては、愛人になりたい女性は決められたところに住み、愛人がほしい男性は事業者にお金を払い、そこに通うのだという。

何でも通った回数によって、支払う金額が変わるとのこと。多く通ってもらえれば、女性のほうも実入りが増えるのだ。

男性は愛人女性の、生活すべての面倒を見るわけではない。懐具合に応じて逢瀬を求めればいいのだから、気軽に愛人が持てるのは確かである。

女性のほうも仕事をしながら、副業とかアルバイト感覚で愛人ができるのである。こちらも負担がない。いつ訪ねるのかも、パパと相談して予定を組んでおくから、本業への支障もないということだった。

「じゃあ、ここの家賃を払ってるのは、瑠璃子さんのパパじゃないんですね」

「そうよ。この愛人事業を始めたひと。ただ、わたしは会ったことはないんだけど。愛人採用の面接は、代理のひとだったから。まあ、家賃もパパが払ったお金から出してるんだから、結局はパパが払ってるのと同じなんだけどね」

瑠璃子の手当も、その事業者から振り込まれるという。パパから直にお金を渡されるわけではないから、後ろめたさを感じないで済むのではないか。

「これのいいところは、パパが愛人はもういらないってなっても、部屋を出て行かなくて済むってことね。愛人を持ちたい男性はけっこういるみたいで、また次のパパが来るわけだから」

　これは愛人とは名ばかりの、要は援助交際というか、いっそ売春なのではないか。

昭人はふと思った。ただ、そんなことを言ったら瑠璃子が気を悪くするかもと、黙っていたのである。

　ところが、彼女のほうから、その点について言及があった。

「日替わりで違うパパが来たら、法律に引っかかっちゃうだろうけどね。不特定を相手にしたら、問題になっちゃうから。でも、愛人は特定の相手だから、法に触れないのよ。だって、過去に愛人だって理由で捕まった女性はいないでしょ」

　瑠璃子は問題ないという認識のようだ。けっこうグレイゾーンな気がするが。

「てことは、瑠璃子さん以外にも、雇われた愛人がどこかにいるってことなんですか？」

「そう聞いてるわよ。ここみたいに家賃が安くて住みやすいところに、何人か何十人か知らないけどいるはずよ」

家賃が高いところに住まわせないのは、顧客男性の負担を軽くするためなのだろう。それに加えて、庶民的な部屋のほうが通いやすいという部分もありそうだ。それこそ家に帰るような感覚で、愛人と会えるのではないか。

(いや、家に帰るというより、いっそ不倫っぽいのか)

団地妻と密会するみたいで、背徳感を募らせている男もいそうだ。ただ、瑠璃子は人妻ではないけれど。

(ていうか、この愛人の事業って、儲けがほとんどないんじゃないか?)

男性の支払ったお金から、家賃と女性の手当を出しているのである。冗談でなく、かなりの数の愛人を雇い、薄利多売でいかないとやっていけまい。

もしかしたら、すでに巨大な事業になっていて、世界規模の愛人ネットワークができているのではないか。などと、とりとめもないことを考えているあいだに、夕食が終わった。

「ごちそうさま。とっても美味しかったわ。野菜がたくさんで栄養のバランスもいいし、本当に素晴らしい家政夫さんね」

誰かからここまで褒められたことなんて、過去にはない。「お粗末様でした」と頭を下げつつ、昭人は頰が緩んでしょうがなかった。

「じゃあ、後片付けをお願いね。あ、それと、お風呂に入りたいから準備して」

「わかりました」

「まだ帰れないわよ。おつとめが残ってるから」

意味ありげな笑みを浮かべられ、あやしい予感にときめいてしまう。

「えと……何ですか、おつとめって？」

怖ず怖ずと訊ねれば、セクシースタイルの美女が嫣然とほほ笑む。

「もちろん、背中を流してもらうのよ」

昭人はゴクリと唾を呑んだ——。

4

浴室で絶頂に導かれ、昭人は身も心も虚脱にまみれていた。
（まさか二回もなんて……）
膝がガクガクして、歩きづらいのも当然だ。
最初の射精は、瑠璃子の足で導かれた。勢いよく飛んだ濃厚な白濁液で美脚を汚し、
浴室内に独特の青くささが立ちこめた。

それからふたりで風呂につかり、湯船の中でもペニスをまさぐられた。しなやかな指の愛撫で復活すると、昭人は浴槽の縁に腰掛けさせられ、美女のお口で奉仕された。

さすが愛人として、パパを歓(よろこ)ばせているだけはある瑠璃子の舌づかいは絶妙だった。

そのため、五分と堪えることができず、再び熱い精を噴きあげたのだ。

しかも、彼女の口内に。二回目とは思えない量が出たようながら、すべては胃に落とされた。

過剰なサービスで、昭人は青息吐息の体であった。なのに帰ることは許されず、素っ裸のまま寝室に連れ込まれた。

「さあ、これからが本番よ」

同じく全裸の瑠璃子が高らかに宣言し、どういうことかと困惑する。

(いや、本番って……)

命じられるままダブルベッドに横たわり、仰向けで手足を投げ出した昭人に、彼女が添い寝する。牡の乳首を指先でくりくりと刺激しながら、困っていることを打ち明けた。

「実はわたしのパパ、けっこうな年なんだけど」

すでに五十代も半ばとのこと。そのため、ペニスがなかなか硬くならず、挿入しても射精しないまま終わるのだという。

そのほうが楽でいいじゃないかと、昭人はまったくの他人事であった。ところが、瑠璃子は責任を感じずにいられないようだ。

「いい？　わたしは愛人なのよ。愛人がパパを満足させられなくて、どこに存在意義があるっていうの？」

と、愛人としてのプライドを剝き出しにする。副業でしているというのに、どうしてそこまでムキになるのだろう。

「あなたには、わたしの実験台になってもらうわ。そのために二度もイカせたの。オチンチン、すっかり元気がなくなったちゃったけど、これを勃たせられたら、わたしも自信が持てるようになるわ」

要は年下の男を相手に、テクニックを試すというのか。だが、昭人は家政夫でこの部屋に来たのである。そんな仕事は聞いていないし、本来の役目からも逸脱する。

(家政夫じゃなくて家性夫だったら、有りかもしれないけどさ)

いや、いっそ家精夫かも。と、こんな状況で駄洒落を考えるのも、お笑い芸人の性なのか。とは言え、少しも面白くないことぐらい、自分でもわかる。

「昭人クンもいいわよね？　気持ちいいことが大好きみたいだし。お風呂場でも、濃いやつを二回も出したんだから」

親しみを込めた呼びかけも、からかわれているようにしか感じない。だが、二回も射精したのは事実だ。また気持ちいいことをしてもらえるのかと、欲望が浅ましく頭をもたげる。

(何をしてくれるんだろう……)

足コキにフェラチオまでされておきながら、次の展開への期待が高まる。乳首をいじられて、昭人はからだのあちこちをピクピクと痙攣させた。

「だけどその前に、わたしも気持ちよくしてちょうだい」

瑠璃子が身を起こす。何をするのかと思えば、いきなり胸を跨いできた。

それも、剝き身のヒップを昭人の顔に向けて。

「ああ……」

思わず感嘆の声が洩れる。のけ反るほどにボリュームのあるエロチックな丸みが、目の前に差し出されたのだ。ぱっくり割れた双丘の狭間に、秘密の神殿もまる見えである。

そのとき、昭人の脳裏に浮かんだのは、この部屋に案内してくれた香澄だった。黒いパンツに包まれた臀部が、煽情的にはずむ場面が蘇ったのだ。

　彼女のナマ尻を是非見たかったものの、残念ながらというか当然ながら、叶うことはなかった。もしかしたら、それを気の毒に思って、神様が別のヒップを与えてくれたのだろうか。

　などと都合よく考えたものだから、目の前の尻を一刻も早く手に入れたくなる。昭人は瑠璃子に指示される前に、双臀を摑んで自らのほうに引き寄せた。

「キャッ」

　悲鳴があがり、重たげな球体がまともに落っこちてくる。

「むうう」

　柔らかな重みで顔を潰された上に、湿った陰部で口許を塞がれて息が詰まる。このままでは窒息するとわかりつつも、昭人は弾力のあるお肉と離れがたかった。

(ああ、モチモチのぷりぷりだ)

　類い稀な感触と、肌のなめらかさもたまらない。そのため手の力を緩めることなく、心地よい圧迫感を堪能した。

「もう……昭人クンって、そんなにオシリが好きなの？」

　あきれたふうになじった美女が、腰をくねらせる。それによって鼻面が割れ目に深く入り込み、密着度が増した。

（なんだ、ここは天国か？）

昭和の遺物たる団地の一室で、パラダイス気分にひたる。唯一残念なのは入浴後で、ボディソープの香りしかしないことだ。これであからさまな淫臭を嗅がせられたら、たちまち大勃起であろう。

とは言え、匂いのエッセンスがなくても、すでに海綿体は血液を集めつつあった。

「ちょっと、どうしてオチンチンがふくらんでるのよ？　わたしはまだ何もしていないのに」

瑠璃子が咎（とが）める。性的なテクニックでエレクトさせるはずなのに、おしりを顔に乗せただけで反応されては意味がないのだ。

しかし、こちらに落ち度があるわけではない。文句を言われても困る。

「まったくもう」

彼女はブツブツこぼしながらも、昭人の脚を大きく開かせた。

「ムふっ」

太い鼻息がこぼれる。しなやかな指が、陰嚢（いんのう）と太腿の境界たる付け根部分を、すりすりとこすったのである。

汗が溜まりやすいそこは、匂いも強い。そのため、入浴後でも申し訳なく感じてしまう。

ただ、敏感なのも確からしい。

(ああ、どうして)

こすられるところがムズムズして、尻の穴を幾度もすぼめる。くすぐったいような気持ちよさに、昭人は息をはずませた。

「ねえ、舐めてよ」

焦れったげに求められ、『気持ちよくしてちょうだい』と言われたのを思い出した。

(あ、そうか)

瑠璃子はただ喜ばせるために、年下の男に尻を与えたわけではなかったのだ。遅ればせながら舌を出し、無毛の裂け目に差し入れる。ちょっと動かしただけで、奥から温かな粘液がトロリと溢れ出た。

「くうう」

切なげな声が聞こえ、尻の筋肉がキュッとすぼまる。

(あ、感じてる)

昭人は嬉しくなった。

クンニリングスをしたことはいちおうあっても、そもそも性体験自体が少ないのだ。

過去に舐めたのも、行為の流れでそういうことになっただけであり、夢中だったから相手の反応も憶えていない。

けれど、瑠璃子はちゃんと快感を覚えているよう。

「あ、あん……気持ちいい。もっとぉ」

淫らなおねだりに全身を熱くして、舌を大胆に動かす。最初は闇雲にねぶるだけだったものの、女性の敏感なところがどこにあるのかを思い出し、そこを狙った。

「きゃふッ。そ、そこぉ」

鋭い嬌声に、狙いが間違っていないのだと確信する。フード状の包皮に隠れた小さな肉芽を、舌先でチロチロとくすぐった。

「むううう」

今度は昭人が呻く番だった。指とは違うものが、陰嚢の脇に這わされたのである。

それは明らかに舌だった。

（そんなところまで舐めるなんて——）

浴室でフェラチオをされたあとにもかかわらず、罪悪感を覚えずにいられない。汚れやすいそこは、舐めるような場所ではないという意識が強いからだ。

だが、指でこすられただけで感じたのである。舌はそれよりもくすぐったく、いっそうゾクゾクさせられた。

おかげで、海綿体がますます充血する。

対抗すべく女芯ねぶりを続ける昭人であったが、舌づかいがおろそかになる。瑠璃子の舌が、玉袋にも這わされたのだ。

洗ったあとでも、縮れ毛にまみれたシワ袋は清潔感に欠ける。にもかかわらず丹念に奉仕され、昭人は恐縮するばかりだった。陰嚢も快さに持ち上がり、キュッと縮こまる。

（うう、気持ちいい）

腹の下にめり込みそうになった睾丸が吸い出され、口に含まれる。ピチャピチャとしゃぶられて、いよいよクンニリングスを続けるのが困難になった。

ずっと柔尻と密着しっぱなしだったから、酸素不足のために頭がボーッとしてくる。気が遠くなりかけたとき、危機を察したみたいに瑠璃子が腰を浮かせた。

「ふはッ」

視界が開け、大きく息をつく。昭人は胸を上下させながら、こちらを向いて太腿に跨がった美女を見あげた。

「こんなに硬くしちゃって」

眉をひそめた彼女が、完全復活した肉根を握る。ゆるゆるとしごき、うっとりする快さを与えてくれた。

「すごくゴツゴツしてる。アタマも腫(は)れちゃってるわ」

はち切れそうに紅潮した亀頭に、指がのばされる。鈴口(すずぐち)に溜まった透明な雫(しずく)が、粘膜に塗り広げられた。

「くああ」

くすぐったさの強い悦びに、屹立がしゃくり上げるように脈打った。

「若いから、すぐに勃っちゃうのもしょうがないわね」

諦めた面持ちで言い、瑠璃子がヒップを重たげに持ちあげる。そそり立つ牡器官の真上に移動すると、切っ先を自身の底部にこすりつけた。

「むぅ」

カウパー腺液と愛液が混ざって、クチュクチュと卑猥な音が立つ。快さがじんわりと広がり、それにあわせて期待もふくれあがった。

(いよいよするんだ)

これはもう、明らかにセックス前の状況だ。彼女が坐り込むだけで、ふたりは結ばれるのである。

すると、瑠璃子が思わせぶりな眼差しで見つめてきた。

「これから何をするのかわかる？」

「は、はい……」

「エッチの経験は、もちろんあるわよね？」

「ええ、まあ」

「オマンコの中に射精したことは？」

「……ありません」

かつて体験したふたりとは、コンドームを着けて交わったのである。

「だったら、わたしのオマンコの中に、精子を出してもいいわ」

願ってもない許可を与えられ、昭人は思わず頭をもたげた。

「ほ、本当ですか？」

「その代わり、三分だけ我慢しなさい。もしもそれより早く出しちゃったら、ひと晩じゅうわたしの奴隷になってもらうからね」

物騒なことを言われて、ドキッとする。だが、三分程度ならどうということはない。

初体験のときだって、十分は持ったのだ。

もっともそれは、挿入前に爆発したからだ。ただ、今回だって、すでに二回も発射しているのである。

「わかりました」

うなずくと、彼女が勝ち誇った笑みを浮かべた。壁の時計をチラッと見あげて、

「それじゃ、するわよ」

言うなり、魅惑の裸身がすっと下がる。強ばりきった分身が、温かく濡れた淵に呑み込まれた。

「ああーん」

瑠璃子がのけ反り、綺麗なおっぱいを上下にはずませる。心地よい締めつけを浴びてうっとりした昭人であったが、

(え、セックスって、こんなに気持ちいいのか?)

過去の体験との違いに戸惑った。

最初は、類い稀な美女との交わりで有頂天になり、そのせいで悦びも大きいのかと思ったのである。しかし、そうではなく、蜜穴のまといつきそのものが快いのだとわかった。

(あ、そうか。コンドームをしていないからだ)

ナマ挿入ゆえ、内部の具合をダイレクトに味わっている。だからここまで感じるの

だろう。

　しかし、それだけで済まなかったのだ。

「ふう」

　ひと息ついた瑠璃子が、腰をブルッと震わせる。うっとりした面差しを浮かべ、

「入っちゃった……」

　つぶやくように言った。

「どう、気持ちいい？」

　気怠げな口調で訊ねられ、昭人は「はい、とても」とうなずいた。

「だけど、本当に気持ちいいのはここからよ」

　告げるなり、彼女が腰を回し出す。杭打たれたところを中心にして、ゆっくりと円を描いた。

「あああ」

　昭人は堪えようもなく声をあげた。柔ヒダがねっとりと絡みつき、締まりも強くなったのである。

（す、すごい）

　性感曲線が急角度で上昇する。まずいと気を引き締めたものの、ねちっこい腰づか

いに忍耐がくたくたと弱まった。

「ほらほら、どう？」

年下の男がどれほどの快感を得ているのか、わかりきった口振りだ。ただ腰を回すだけでなく、前後左右にも動かされ、昭人は息を荒ぶらせた。

「あ、だ、駄目」

奥歯をギリリと噛み締め、懸命に上昇を抑え込む。だが、あまりに気持ちよすぎて、涙が溢れた。

粒立ったヒダが敏感なくびれをピチピチとはじき、快い電流が発生する。しかも全体を包み込まれているから、ペニスが熱せられたバターみたいに溶けそうだ。

「うああ、あ、も、もう」

早くも爆発しそうになった昭夫である。それでも、瑠璃子が愉快そうにこちらを見おろしているのに気がついて、慌てて理性を振り絞った。

（くそ、負けるものか）

こんな美女の奴隷になれるのなら、むしろ御の字なのである。なのに必死で抗うのは、男としてのプライドからであった。

（今、何分だ？）

時計を見あげ、昭人は目を疑った。まだ約束の半分しか経っていなかったのである。瑠璃子も同じく時間を確認し、余裕の笑みをこぼす。

「それじゃ、最後の仕上げね」

両膝を立て、今度はからだを上下させる。しかも、女窟をキュウキュウとすぼめて。

「ああ、そんな、あ、ああッ」

心地よくも強烈な摩擦に、神経が蕩ける。全身がペニスになったかのよう。手脚がビクッ、ビクンと痙攣し、体軀が大きく波打った。

(嘘だろ、こんなの……)

頭の中に霞がかかり、忍耐が押し流される。目の奥に快美の火花が散るごとに、悦楽のエスカレーターをぐんぐん上昇するのがわかった。

「ほらほら、硬いオチンチンが、オマンコの中でビクビクしてるわよ」

淫らな報告と、ダブルベッドが軋むほどの腰づかいで理性は風前の灯火だ。いよいよ高みが近づいてきたようである。

(こんなことでイッたら、男じゃないぞ)

最後に残ったプライドも、膣口の強烈な締めつけで粉砕される。その部分が筋張った筒肉を摩擦するものだから、昭人は「くあっ、あっ」と声をあげた。

「ほらほら、イッちゃいなさい。オマンコの中で気持ちよくなって、精子をいっぱい出すのよ」

卑猥すぎる煽りに、昭人は限界を迎えた。

「だ、駄目……ううう、いく、出る」

めくるめく瞬間が訪れ、全身がバラバラになる。意志とは関係なくからだが暴れ、その最中に歓喜が肉根の中心を貫いた。

「むはッ」

喘ぎの固まりと一緒に、牡のエキスを解き放つ。

ドクッ、ドクッ、ドクッ――。

初めての膣内射精は、女体を征服したという充実感を伴っていた。早々に果てた情けなさも、それによってどうでもよくなる。

(すごく出てる……)

まだこんなにザーメンが残っていたのかと、昭人は朦朧とする頭で不思議がった。これでは体内のエキスを、すべて吸い取られるのではないか。

「あん、いっぱい出てる……あったかい」

ほとばしりを浴びてうっとりした瑠璃子は、腰づかいを緩めない。昭人は長い時間、深い愉悦にまみれた。

（すごすぎる――）

これまで自分が知っていた絶頂は、子供騙しだったのではないか。そんなふうに思わずにいられないほどの、凄まじい快感だった。

おかげで、終わったあとの虚脱感も著しかった。

「ふはッ――ハア、はふ、ふふぅ」

なかなかおとなしくならない呼吸を持て余し、ベッドの上に手足を投げ出す。肌のあちこちが感電したみたいに震えても、対処のしようがなかった。

「うん、二分半てとこね。思ったよりも頑張ったわね」

勝ち誇った声が耳に遠い。頑張ってもそれだけだったのかと、敗北感を覚えた。

（……ていうか、瑠璃子さんのパパは、ここまでされても中でイカずに終わるっていうのか？）

いくら五十代でも、そんなことが可能なのか。いや、年齢は関係なく、刺激的で気持ちのいいセックスを数多く体験してきたから、そう簡単に満足できないのかもしれない。

というより、瑠璃子がパパを責めすぎたのではないか。そんなにザーメンを搾り取られたらからだが持たないと、自己防衛をしている可能性もある。

「昭人クンには約束どおり、わたしの奴隷になってもらうわよ」

声高な宣言に、どうぞ好きにしてくれと、昭人は投げやり気味だった。

そもそも家政夫として、掃除や食事作りをこなしたのである。さらに何か命じられるぐらい、どうってことはない。

ただ、疲労困憊(こんぱい)しているから、少し休ませてほしい。そうお願いしようとして、昭人ははたと気がついた。

(待てよ。奴隷ってのは、性的な意味でのことだよな？)

だとしても、さすがにもう勃たない。セックスは諦めて、できればクンニリングスで妥協してもらいたいところだ。

瑠璃子がそろそろと腰を浮かせる。力を失った分身が蜜穴からこぼれ、その上に白濁のシロップがポタポタと落下した。中出しした精液が逆流したのだ。

(うわ。本当にけっこう出てる)

ラブジュースが混じっているにせよ、萎(な)えた秘茎をコーティングするほどの量があった。これで三回目の射精とは、とても信じられない。

ただ、快感の大きさを考えると、このぐらい出ても不思議ではない気がする。睾丸には、もうタネが残っていないだろう。

「可愛くなっちゃったわね」

陰嚢の上に横たわるシンボルに、瑠璃子が顔を近づける。

たった今、過去最高の深い満足を得たばかりなのだ。あとは何をされても復活は見込めまい。昭人は確信していた。

けれど、彼女はそう思っていないらしい。牡と牝の淫液にまみれた肉器官に、口をつけたのである。

ぢゅぢゅッ――。

まといつく粘液がすすり取られる。さらに舌を這わされ、念入りなクリーニングを施された。

(ああ、そんな)

浴室でもザーメンを飲まれたが、セックスのあとでペニスにこびりついたものでも、瑠璃子は平気なのか。彼女自身の愛液も含まれているというのに。

申し訳なくも、くすぐったい快さを与えられて、昭人は身悶えた。分身はさすがに、縮こまったままであったが。

年上の美女は諦めることなく、柔茎を口に入れた。唾液を溜めた中に泳がせ、舌を絡みつかせる。

「ううう」

昭人は呻き、太い鼻息をこぼした。もう勘弁してほしいと、胸の内で願いながら。とは言え、奴隷になると約束した手前、したいようにさせるしかない。

彼女は唾液に濡れたペニスを解放すると、牡の急所にも口をつけた。たっぷり射精して小さくなった感のある睾丸を、飴玉(あめだま)みたいにしゃぶる。

チュウ……ちゅぽッ。

吸い音が聞こえるたびに、体幹を背徳的な快さが駆け抜ける。そこはさっきも舐められ、エレクトすることになったのである。

しかし、今回はさすがに無理らしい。海綿体も降参のバリケードを張り、血液の浸入を阻止していた。

「ふう」

瑠璃子が口をはずし、ひと息つく。さすがに諦めたのかと思えば、

「四つん這いになりなさい」

新たな命令が下された。

気怠さの残るからだを叱りつけ、昭人はどうにか身を起こした。両肘と両膝をベッ

ドにつき、言われたとおりのポーズを取る。

(何をするつもりなんだ?)

尻を後ろに突き出してから、昭人は今さら疑問に思った。女性がこの体勢になれば、バックスタイルで交わることになろう。だが、男がしても意味がない。

美女が背後に陣取る気配を感じ、頰が熱くなる。尻の穴や陰嚢を、まともに見られてしまうからだ。

あるいは辱めを与えるために、こんな格好をさせたのか。自分はMではないから、少なくとも昂奮することはない。

とりあえず出方を窺っていると、尻の谷に温かな空気がかかった。

「可愛いオシリの穴。毛がいっぱい生えてるわ」

その部分に彼女が顔を寄せているとわかり、昭人はさらなる羞恥にまみれた。

(ああ、見ないでよ)

肛門を幾度もすぼめてしまう。それも瑠璃子はお気に召したらしい。

「ヒクヒクしてる。わたしに見られて恥ずかしいの?」

訊くまでもない問いかけに、昭人はだんまりを決め込んだ。彼女のペースに乗ったら思う壺だからだ。

ところが、声を出さずにいられない状況に追い込まれる。

「はひッ」

空気の混じった声がこぼれ、腰をガクンとはずませる。温かく濡れたものが、アヌスをくすぐったのだ。

確認するまでもなく、瑠璃子が牡のすぼまりを舐めたのである。

いくら洗ったあとでも、排泄口をねぶられて平気なわけがない。反射的に尻をくねらせて逃げようとしたものの、丸みをぴしゃりと叩かれてしまった。

「じっとしてなさい」

昭人は身を堅くした。逆らったら、もっと痛い目に遭わされる気がしたのだ。

舌が容赦なく、ねっとりと這わされる。尻ミゾ全体が濡らされ、肛門をチロチロとくすぐられる。彼女が言ったとおり、かなり毛が生えているはずなのに、少しも厭う様子を見せない。

恥ずかしくて居たたまれなくて、昭人は叱られない程度に身悶えた。それでいて、いつしかあやしい悦びにひたっていたのである。

(ああ、どうして)

尻の穴を舐められて感じるなんて。男色の趣味などなかったというのに。

「あううう」

新たな快感に総身が震える。アナルねぶりを続けながら、瑠璃子がペニスと陰嚢にも触れてきたのだ。

最初はふたつをまとめて揉むように愛撫し、ふくらんでくると両手で別々に施しを与える。肉棒をしごき、玉袋を引っ張って睾丸を弄(もてあそ)んだ。

気がつけば、昭人は勃起していた。

「ふふ、勃っちゃった」

瑠璃子の嬉しそうな声。下腹にへばりつくほどに反り返ったモノをリズミカルに摩擦され、昭人は「ああ、ああ」と情けない声をあげた。

「昭人クン、オシリ好きなだけあって、オシリの穴が弱点なのね」

それはまったく関係がないと、反論する元気もなかった。身も心も美女に支配され、まさしく奴隷になった気分であった。

「ほら、オチンチンをシコシコすると、オシリの穴もキュッキュッてなるのよ」

と、彼女が楽しげに報告するうちは、まだよかった。

「ねえ、オシリの穴に指を挿(い)れてあげようか」

これには、さすがに昭人は蒼(あお)くなった。ぶんぶんと首を横に振り、

「それだけは勘弁してください」

涙ながらに懇願する。あるいは、未知の快感があるのかもしれないが、たったひと晩でそこまで体験したくはなかった。

何より、直腸を犯されるのが怖かったのである。

「だったら許してあげる。その代わり、これをわたしのオマンコに挿れるのよ」

硬くなった分身をしごかれながらの命令。もはや逃れるすべはなかった。

交代して、瑠璃子が四つん這いになる。

綺麗な艶尻が向けられ、昭人は浅ましくナマ唾を呑んだ。三回も達して、今夜はもう無理だと降参したのが嘘のように、欲望がふくれあがったのである。

「ねえ、硬いオチンチン、オマンコに挿れてちょうだい」

双丘をぷりぷりと揺すってのおねだり。貪欲に牡を求める美女に、もしやという疑念が浮かぶ。

(瑠璃子さん、欲求不満なんじゃないか?)

高齢のパパがちゃんと抱いてくれないものだから、女らしく熟れたボディを持て余していたのだとか。そんな推測は、もちろん本人には言えない。

とにかく満足させないことには、いつまで経っても解放してもらえないだろう。

反り返る肉根を前に傾け、亀頭で恥ミゾをこする。そこは温かな蜜が溢れており、肉体が燃えあがっているとわかった。

(やっぱりこれが欲しいんだな)

クチュクチュと音が立つほどに切っ先を潤滑すれば、彼女が焦れったげに身を揺する。

「ねえ、早く」

「わかりました」

昭人はひと呼吸置いて、柔穴の奥へと分身を投じた。

ぬぬぬ——。

硬肉が狭い穴をこじ開ける。体位が違うせいか、さっきよりも狭い感じだ。ヒダが当たる感じも異なっている。

「ああーん」

瑠璃子が喘ぐ。綺麗な白い背中が、色っぽく反り返った。

「突いて。い、いっぱい」

愛人美女のリクエストに応えて、昭人は分身を気ぜわしく抜き挿(さ)しした。

第二章　人妻なのに愛人

1

昭人が昼過ぎまで起きられなかったのは荒淫のせいだ。間違いない。

「んあ……」

窓からの明かりがまともに顔を照らし、目が覚める。まだ眠かったものの、枕元に置いた時計で時刻を確認し、寝床の中でからだを大きく伸ばした。

(そろそろ起きるかな)

だが、からだが怠くて言うことを聞かない。

節々が痛いのは掃除を張り切って、普段使わない筋肉や関節を酷使したからだろう。

家事というのは、あれでけっこう体力を消耗するのである。

そして何より、腰が鉛みたいに重かった。

（やっぱり、やり過ぎだったんだよ……）

昨夜は合計で、五回も射精したのだ。十代の頃だって、そこまでしたことはない。

それが可能だったのは、愛人をしている美女と、濃厚なひとときを過ごしたからだ。

最初は足コキ、続いてフェラチオで、浴室で計二回も瑠璃子にイカされた。寝室に移動してからは騎乗位で精を搾り取られ、さらに奴隷に貶められて、様々な体位で奉仕することとなった。

昭人がひそかに推察したとおり、彼女は欲求不満だったのかもしれない。経験の少ない昭人が、慣れない腰づかいで奮闘し、どうにか絶頂に導いたのに、そのあとでクンニリングスもさせたのだから。そうして二回目のオルガスムスを得て、ようやく解放してくれたのである。

大変だったものの、気持ちよかったのも事実である。また、初めてセックスで女性を頂上に導けて、男としての自信も得られた。

それを思えば、この程度の疲労は何てことないとも言える。

いつも起きがけはそうなっているのと変わらず、昭人は勃起していた。要は朝勃ち、いや、もう昼だから昼勃ちか。睾丸が空になるほど、たっぷりとほとばしらせた翌日だというのに。

(どうしてこんなになってるんだよ……)

まだ若いから、ひと眠りしただけでエネルギーが充填されたのか。あきれつつもブリーフ越しに握りしめれば、わずかに痛みがあった。やはり使いすぎたのだ。

やれやれと思いつつ、昭人は寝床の上で身を起こした。

寝床とは言っても、三つ折りのマットレスに毛布のみという、簡素なものだ。相方と同居していたマンションで使っていた寝具は、古くなったので引っ越しのついでに処分したのである。

もともと物持ちではなかったし、次のところは狭いと聞かされていたので、私物はかなり捨てた。昨日届いた引っ越し荷物は、段ボール箱が三つのみ。部屋の隅に、そのまま置いてある。

かつて管理人室だったというそこは、四畳半の和室である。畳は新しくなっていたが、壁は薄汚れた石膏ボードだ。団地は全体が改装されていたが、ここは使わないからと放っておかれたらしい。

それでも簡素な流し台と、トイレの他にシャワールームもある。水回りは綺麗になっており、住むのには充分だ。何より、家賃がいらないのだから。

窓はひとつだけで、ワイヤーの入った磨りガラスのサッシ窓である。カウンターの窓口も残っているが、そこは頑丈そうな板で塞いであった。

狭くて天井も低く、密閉状態だから、陽が差し込むだけで室温が上がる。冬でも電気ストーブひとつで事足りるだろう。夏はかなり暑くなりそうでも、昼間は仕事だから支障あるまい。

(ていうか、ここに住まわされるってことは、この団地だけで仕事の依頼がけっこうあるってことなんだよな)

団地なのに家政婦を必要とする世帯が、そんなにもあるというのか。

大きなお屋敷なら専任の家政婦というか、メイドが必要でもおかしくはない。しかし、3DKなら専任は不要だ。せいぜい週に一回頼めばいいぐらいではないか。

どうやら団地内を、順繰りで回ることになりそうだ。

夫婦や家族の世帯なら、家事は奥さんなり母親なりがするのだろうから、家政婦は不要である。依頼するのは独り住まいのところに限られよう。それこそ、瑠璃子のところみたいに。

(いや、そうでもないのか)

昨今は夫婦共働きが普通である。奥さんも仕事が忙しければ、家事をする余裕がなくなる。この団地には、そういう世帯が多いのかもしれない。

だとすれば、建物も三棟あるから、引く手数多（あまた）であろう。

（依頼が多くあれば、それだけ収入も増えるからな）

まずはこの仕事でお金を貯めて、生活に余裕ができたら次の相方を探そう。もしもウマのあう相手がいなかったら、ピン芸人でやっていくしかない。

（待てよ。家政夫をやっている芸人なんて珍しいから、家事のプロとしてテレビに呼ばれるんじゃないか？）

近頃では、何らかの資格や経験のある芸人が持てはやされる傾向にある。現役家政夫なら、お昼の主婦向け番組でも重宝されるに違いない。

未来がいい方向に開けるのを感じて、気持ちが明るくなる。生活の基盤ができて安心したせいか、また眠くなってきた。

（ていうか、今日の仕事は何も聞いていないんだよな）

だったら、まだ寝ていてもいいのではないか。

昭人は再び横になった。毛布をからだに掛け、ふわぁとあくびをするなり、瞼（まぶた）が重くなる。

（よし、あと三十分だけ……）

自らに言い聞かせるなり、夢の世界に引き込まれた。

コンコン――。

ノックされる音を耳にしても、昭人はそれを夢の中の出来事だと思った。うるさいなと顔をしかめ、夢の中でドアを探すものの見つからない。

そしてもう一度、今度は強めにドンドンと叩かれ、ようやくそれが現実の音声だとわかった。

「わっ――」

昭人は飛び起きて、寝ぼけ眼のまま部屋の出入り口に向かった。

「はぁい」

あくび交じりの返答とともにドアを開ければ、そこにいたのは家政婦斡旋会社の香澄であった。

「あら、お休み中だったんですか？」

彼女が困惑した面差しを見せたものだから、昭人は一気に目が覚めた。恐縮し、頭を深く下げる。

「すみません。昨日は初めての仕事で、張り切りすぎたみたいで」

股間も張り切って、性的な行為にも励んだなんて、口が裂けても言えない。

ねぎらわれ、ちょっぴり罪悪感を覚える。ただ、少なくとも家政婦の業務は完璧にこなしたのだ。後ろめたさを感じる必要はない。

（だいたい、あんなことをしたのだって、瑠璃子さんの依頼だったんだから）

とは言え、そのぶんの家政婦代金が上積みされることはあるまい。

「慣れないうちは大変かもしれませんね。ところで、お客様には満足していただけましたか？」

「はい。そのはずです」

昭人はきっぱりと答えた。掃除に関しては、瑠璃子は綺麗になったと褒めてくれたのだ。また、夕食も美味しいと好評だった。

ついでに言えば、肉体も満足させられたはずである。

「実は、渡辺様からも連絡をいただいたんです。田中さんの働きぶりを、とても褒めてらっしゃいました」

香澄の報告に、昭人は安堵した。ただ、瑠璃子が具体的に何と言ったのかが気になる。肉体関係を持ったとか五回も射精させたとか、自らバラしはしないだろうけど。

「本日のお仕事はありませんから、ゆっくりと休んでください。また明日から、よろしくお願いします」

まだ寝ていられるとわかり、昭人は（助かった）と胸を撫で下ろした。

「ありがとうございます」

「でも……本当に疲れているのかしら？」

つぶやくように言われ、きょとんとなる。

昭人はまだ気がついていなかった。寝床から起きて、Tシャツとブリーフのみの格好で彼女と応対していることに。

そして、香澄の視線がチラッと下を向いたことで、ようやく言われた意味を理解する。ブリーフの股間が、これ見よがしにテントを張っていたのだ。

「あ、あの、これは――」

焦って両手で隠したものの、弁解の言葉が出てこない。その前に、

「では、わたしはこれで」

香澄が踵（きびす）を返し、さっさと行ってしまう。あくまでも冷静な彼女に、昭人はかえって羞恥を募らせた。

（相変わらずクールだな……）

男の昂奮状態を目にしたら、女性であれば普通は動揺するのではないか。まして、

ふたりだけしかいない状況では、襲われるかもしれないと警戒するものだ。

それとも、男のテントなど見慣れているのか。

(篠原さん、彼氏がいるのかな？)

ふと気になったものの、昨日と変わらず地味な身なりの香澄が、男と一緒にいる場面を想像するのは困難だった。

しかしながら、いい大人なのである。セックスを経験していても不思議ではない。

ならばブリーフのテント程度は、どうということはあるまい。

だが、剝き身の男根を見せたら、さすがに冷静でいられないのではないか。

(今度ここに来たとき、わざとフルチンで出てみようかな)

もちろん、ギンギンにエレクトさせて。

露出狂じみたことを考えて、昭人は己に苦笑した。そんなことをしたら通報され、正式採用もパーではないか。

それはともかく、ちょっと気になることがある。

(篠原さん、あれだけのことを伝えるために、わざわざここまで来たのか？)

こっちの連絡先はわかっているのだし、電話かメールでも事足りるはずだ。

もっとも、彼女はそれとなく室内を観察していたようであった。タダで貸した部屋を問題なく使っているか、チェックするのも目的だったのかもしれない。

（おれが本採用にならなかったら、次のやつがここへ入るんだろう。汚されたり、破損されたりしたらまずいよな）

　とは言え、入居一日目でそこまで酷くはならない。

　そもそも家政夫として働くのだ。自分の部屋ぐらいきちんとできなくてどうする。まして、こんなに狭くて、何もないところを。

（それとも、この部屋が散らかっていたら、家政夫としても失格ってことなのかな）

　本採用になるまで、けっこう細かく見られるのは確からしい。これは気を抜けないなと思いつつ、すぐさま寝床にもぐり込んで爆睡する昭人であった。

2

　翌日、香澄は午前九時を回った頃にやって来た。一日休んで疲れも取れ、ちゃんと起きていたから、昭人はみっともないところを見られずに済んだ。

　彼女は仕事をする部屋を伝え、鍵を寄越した。

「依頼者は本日不在なので、田中さんが都合のいいときに仕事をなさってください」

都合がいいも何も、他にすることはないのだ。

「わかりました。ええと、本日のお宅は、ご家族の世帯なんですか？」

何気に訊ねたところ、香澄が眉をひそめた。

「依頼者の情報は、必要なこと以外知らなくてけっこうです」

「あ、すみません」

素直に謝ったのは、個人情報の保護とかに関わっていると思ったからだ。それに、こちらは依頼された部屋をきちんと整えればいいわけで、どんなひとが住んでいるのかを知る必要はない。

まあ、部屋に入れば、ある程度は見当がつくであろうが。

(でも、瑠璃子さんのときは、独り暮らしだって教えてくれたよな)

初めてだったし、支障のない範囲で情報を与えたというのか。

「それから、田中さんは仮採用なので、鍵はわたしがこちらに届けることになっています。本採用になったら鍵の管理もしていただくようになりますので、信頼を得られるように頑張ってください」

「わかりました」

昭人は神妙にうなずいた。家事ができればいいというものではないらしい。顧客から信用されるようになって初めて、正式に採用されるようだ。

「だけど、篠原さんも大変ですね」

何の気なしに話しかけると、香澄が怪訝(けげん)そうな表情を見せた。

「え、大変って？」

「おれなんかのために、わざわざ来てくださっているわけですから」

感謝の気持ちを伝えたかっただけなのに、彼女があからさまに落ち着きをなくしたものだから、昭人は戸惑った。

「わ、わたしはべつに、田中さんのために来ているわけじゃありません。あくまでも仕事で――」

その必要もないのに弁明したあと、おかしな態度を取ってしまったことに気がついたらしい。

「では、わたしはこれで」

そそくさと立ち去った香澄を見送り、昭人は首をかしげた。

(なんだ、今のは？)

冷静な彼女らしくない振る舞いだ。そんなつもりは毛頭なかったのに、口説(くど)かれたと勘違いしたというのか。

彼女はブリーフの猛々しいテントを見ても、少しもうろたえなかったのである。けれど、あれで案外純情なのかもしれない。

(勃起したチンポは平気でも、口説かれることには慣れていないのかもな)

あくまでもそれは、ただの想像だ。そもそもちゃんとした恋人ができたことのない昭人に、女心がわかろうはずがなかった。

だいたい、去って行く香澄を気にかけつつも、ぷりぷりとはずむ大きなおしりに見とれていたのだから。

時間はたっぷりあっても、仕事をさっさと済ませたほうがいい。そのほうが、あとでゆっくりと休める。

そう考えて、昭人は十時過ぎに部屋を出た。必要な道具の入った大きなバッグを、肩によいしょと担いで。

依頼のあった部屋は同じ二号棟ながら、出入り口は別だった。いったん外に出てそちらに向かえば、温かな陽射しがポカポカと降り注ぐ。

(ああ、いい天気だな)

こんな爽やかな日には外で羽を伸ばしたいが、あいにくと室内の仕事だ。ままならぬものである。

せめてもと、昭人は団地の建物を大きく迂回して、しばし散歩を楽しんだ。

これから行くお宅がベッドではなく蒲団だったら、外に出してお日様に当ててあげようか。などと考えて建物を見あげると、ベランダに蒲団が干してあるところがいくつかあった。

共働きだと、朝のうちに蒲団を出しても夕方まで取り込めないから、休日以外はなかなか干せないだろう。そうすると、今干しているあのお宅は奥さんが専業主婦か、あるいは仕事が休みに違いない。

そんなことを考える昭人の脳裏に、ある女性の姿が浮かんだ。

(鉢谷さん、元気かな……)

つい先日まで住んでいた賃貸マンションの、近所の一軒家に住んでいた奥さんだ。ベランダで蒲団や洗濯物を干しているところを、何度か目撃したのである。

彼女は白いエプロンがよく似合っていた。洗剤のＣＭに出てもいいぐらいの、清楚で愛らしい人妻。表札で苗字だけはわかったが、下の名前は知らない。

なぜなら、せいぜい挨拶を交わすぐらいで、話をしたことがないからだ。

彼女が住んでいたお宅は、その界隈でもかなり大きなほうだった。夫婦ふたり住まいのようながら、旦那さんを見かけたことは一度もない。

きっと仕事が忙しくて、バリバリ働いているのだろう。たんまりと稼いで、だからあんな大きな家が建てられるのだと、やっかみ半分で納得したものだ。

家もそうだが、あんな綺麗な女性と結婚したことも羨ましい。

鉢谷家の奥さんは見目麗しいばかりでなく、気立てもいい。なぜなら、昭人のような何をしているのか定かではない若者にも、笑いかけてくれたのだ。

それも、ベランダで洗濯物を干す彼女に、ぼんやりと見とれていたときに。普通なら、怪しい男がいると警戒されるか、通報されてもおかしくないのに。

その後は、道ですれ違ったときにも、向こうから挨拶をしてくれるようになった。

普段の彼女は、だいたいスカートを穿いていた。しかも綺麗な女性にしか似合わない、腰から裾にかけて釣り鐘状に広がった、ふわっとしたタイプのものだ。そんなスタイルも、清らかで品のある奥さんという印象を強めた。

しかし、侵しがたい気品があればあるほど、男としては欲望の眼差しを向けずにいられない。たった今一陣の風が吹いて、スカートをめくり上げてくれないかと、何度願ったことだろう。

鉢谷家があの場所に建てられたのは、つい昨年のことだ。こんな立派な家、いったい誰が住むのかと気になったため、前を通るたびにそれとなく様子を窺ったのだ。

そして、たまたまベランダにいた彼女と目が合ったときに、麗しの微笑を向けられたのである。手には男物の下着があったから、この家の奥さんなのだとすぐにわかり、昭人は笑顔に惹かれつつも落胆した。すでに他の男のものになっていたからだ。

化粧っ気のあまり感じられない肌は綺麗だし、ぷっくりした唇も艶めいて、見た目だけならもっと若い。けれど、そこはかとなく漂う色気や物腰から、三十代の半ばぐらいではないかと昭人は推測した。

もしも自分がまだ童貞であったなら、あんな魅力たっぷりの人妻に、性の奥義を手ほどきしてもらうのに。などと妄想し、硬くなった分身をしごいて欲望をほとばしらせたことは、二度や三度ではなかった。

住み慣れた土地を離れ、こうして新たな生活を始めた今、心残りがあるとすれば、あの奥さんに会えないことだろう。ただ近所に住んでいただけで、それ以上の関係にはなりようがなかったというのに。

だいたい、会おうと思えばすぐに会えるのだ。前に住んでいたところは、ここから二キロと離れていない。電車なら二駅だ。

けれど、センチメンタルな気分にひたる昭人は、お別れの前に、せめて名前を知りたかったなと悔やんだ。知ったところで、何がどうなるわけでもないのに。

(この団地にも、ああいう素敵な奥さんが住んでいればいいいな)

そうしたら、今度こそ仲良くなりたい。できれば家政婦の仕事にかこつけて、お宅にもお邪魔したいものだ。

だが、本当に素敵な奥さんであれば、家政婦など頼まずに、家事はすべて自分でするに決まっている。そんなことにも気づかずに、勝手な夢を描く昭人であった。

散歩はそこまでにして、昨日とは別の入り口から建物に入り、階段を上がる。今日の訪問先は、三階の部屋であった。

(よし、ここだな)

部屋番号を確認し、鍵を差し込む。ドアには名札を差し込むプレートがあったものの、何も書かれていない紙が挟まれているだけだった。

個人情報の流出を気にする昨今でも、普通の家族なら苗字ぐらいは提示しておくものと思われる。それすらないということは、独身の住まいではなかろうか。

などと予想しながらドアを開け、中に入るなり首をかしげる。どことなく違和感があったのだ。

(あれ？)

特に変わったものがあるわけではない。妙だなと思いつつ、ダイニングキッチンから確認する。

瑠璃子のところと同じで、今風に改装されているそこには、食器や調理用具などがひと通り揃っていた。食卓も、安っぽくないちゃんとしたものだ。

なのに、生活感がない。モデルハウスの内見に来ているみたいだった。

(ここ、本当にひとが住んでいるのか?)

食器棚にしまってあるものを見る限り、単身世帯というふうではない。だが、夫婦なり家族なりで住んでいれば、それらしい痕跡や雰囲気があるはずなのだ。それがまったく感じられない。

昭人は奥の部屋も確認した。

四畳半は瑠璃子のところと同じく畳だったが、その奥は八畳の洋間と、六畳の和室であった。洋間はリビングのようで、テレビやソファーがあるものの、どこかよそよそしい。ここで一家団欒(だんらん)が営まれている感じがなかった。

まあ、誰もいないから、そんなふうに受け止めてしまうだけかもしれない。ただ、もうひとつ奇妙なことに、どこもかしこもきちんと片付いていたのだ。

(これ、家政婦を頼む必要があるのかな?)

普段は手の届かない細かなところを見れば、埃や汚れが見つかるかもしれないが。あるいは、徹底的に綺麗にしたいからと、プロに頼むことにしたのか。

ただ、昭人はこれがまだ二軒目の新人だ。家事は得意でも、プロを名乗るほどの技量はない。

ちょっと荷が重いなと顔をしかめつつ、和室の押し入れを開ける。ベッドがないからおそらくと思えば、案の定蒲団が入っていた。

途端に、ちょっと安心する。確実に使われている形跡というか、人間らしい匂いがあったのだ。

(なんだ、やっぱりちゃんと住んでるんじゃないか)

考えすぎだったなと苦笑し、蒲団を押し入れから出す。二組あったからカバーとシーツを剝がし、本体をベランダで干した。

ついでに枕カバーも含めて、リネン類をすべて洗濯しようと脱衣所に運ぶ。置いてあったのは普通サイズの洗濯機であったが、二組ぶんだし、一度に洗えそうだ。

(ここ、夫婦で住んでるみたいだな)

洗面台を見て、昭人はひとりうなずいた。歯ブラシが二本あり、女性用らしきヘアブラシや髪留めと、電気剃刀があったのだ。

今日は住人が不在だと、香澄が言っていたのを思い出す。もしかしたら、夫婦揃って仕事が忙しいのかもしれない。

それだと、ふたりでゆっくり過ごすことはあまりないだろう。食事も外で済ませることが多く、キッチンやリビングに生活感がなかったのは、そのせいではないのか。

（うん。きっとそうだな）

昭人は納得した。同時に、家政婦を頼んだ理由も見当がつく。

一見、きちんと片付いているようでも、それは不在の時間が長いため、汚れないだけなのだ。そして、帰っても掃除をする時間が取れないから、ひとを雇うことにしたのだろう。

もしかしたら、同じ職場でバリバリと働くふたりが、互いの仕事ぶりを気に入って結婚したのではないか。それなら家で団欒など持たず、職場で長い時間を過ごすであろう。よって、ここへは帰って寝るだけになる。

（よし、完璧な推理だ）

名探偵気取りで顎を撫で、洗濯機の蓋を開けるなり、昭人の動きが止まった。

「え？」

てっきり空だと思っていた洗濯槽の底に、ぽつんと衣類があったのだ。それが女性用の下着――ブラジャーとパンティであることは、ひと目でわかった。

普通に考えて、というより考えるまでもなく、ここの奥さんの汚れ物であろう。それだけが取り残されたみたいに入っているのは、取り替えるために脱いだものの、洗っている時間がなかったということか。

あるいは、それだけを洗うのは無駄だから、他の洗濯物が出るまでそのままにしてあるのか。どちらにせよ、家政夫である昭人が洗うのに、何ら問題はなさそうだ。

(そうだよ……これは仕事なんだから)

などと、弁明するみたいに自らに言い聞かせ、ふたつの下着を取り出す。リネン類と一緒に洗ったら、デリケートな薄物はグシャグシャになるし、ネットも見当たらないから手洗いをするつもりだった。

仕事と言いつつ、昭人が胸を高鳴らせていたのは、瑠璃子の部屋でのことを思い出したからだ。

彼女のところの洗濯機には、汚れ物が溜まっていた。だいぶ放置されていたらしく、蒸れた臭気に辟易し、ネットで分別して洗ったのである。

しかし、あとで瑠璃子と対面し、下着をすぐに洗ったことを悔やんだ。美女の恥ずかしい匂いを暴く絶好のチャンスを逃したのだから。

幸いにも、あとで恥芯を舐めるように命じられ、秘臭を嗅ぐことができた。その経験があったからこそ、手にしたインナーにもいやらしい匂いが染みついているのではないかと予想したのである。

（これ、お揃いじゃないな）

ブラは薄い水色の、フリルのついた愛らしいデザインだ。パンティは白で、裾がレースになっている以外に、目立つ装飾はない。明らかにセットではなく、長く愛用されている感じもあるから、普段使いで身に着けているもののようだ。

手に持った感じからして、長く放っておかれたふうではない。おそらくは昨日か今朝、洗濯機に入れられたのだ。

などと決めつけたのは、そうであってほしいという願望ゆえだろう。いくら家事に長けていても、触れただけでいつ脱いだものかがわかろうはずがない。

だが、パンティのクロッチに淫靡な残り香があるはず。それを嗅げば、新鮮かどうかぐらいわかるのではないか。

おそらく瑠璃子とのことがなかったら、昭人も洗濯物の匂いを嗅ぐなんて浅ましいことはしなかったであろう。あのときみたいに後悔したくないという思いが強く、どんな女性のものかなんて深く考えなかったのである。

ただ、下着のデザインからして、まだ若いに違いない。どんなに上に見ても三十代かと、そのぐらいの推察はした。それから、仕事で忙しい奥さんなら、瑠璃子みたいに溌剌としたキャリアレディに違いないとも。

期待に胸をドキドキさせて、昭人はパンティを裏返した。

クロッチの裏地は薄らと黄ばんでいた。細かな毛玉もけっこうある。思ったとおり、愛用されてきたものだ。

さらに、糊の乾いたような付着物も認められたのである。

そこが汚れやすいことは、かつて幼い妹のパンツを洗ったから知っている。けれど、成人女性の下着の染みを目にするのは初めてだった。

(こんな感じなのか……)

黄ばみが濃く、オシッコくさいだけの子供のパンツとは異なる。一昨日、見もせずに洗濯機で洗った瑠璃子の下着も、これと同じだったのだろうか。

昭人は乾いた付着物に鼻を近づけ、クンクンと嗅いだ。その前から、股間の分身は膨張を開始していたのである。

(ああ、素敵だ)

悩ましい媚香にうっとりする。チーズっぽい乳酪臭に、ちょっぴりアンモニアの成分が混じっていた。

だいぶ薄らいでいるから、脱いだのは昨日ではないか。夫の下着がないということは、出張か何かで帰らなかったとか。

そのため、奥さんは寂しさを募らせ、自らをまさぐったかもしれない。

人妻のオナニーシーンを妄想したことで、勃起反応が著しくなる。ズボンの前を突っ張らせ、早く楽になりたいとばかりにズキズキと脈打った。

（……出したい）

射精欲求がぐんと高まる。硬くなったものをあらわにし、自らしごきたい衝動に駆られた。

好都合なことに、この場には誰もいないのだ。誰かが来る心配もない。よって、自由に欲望を発散できる。

そう考えたら、ためらいもたちまち消え失せた。

昭人は下半身のものを慌ただしく脱ぎ落とした。邪魔なものがなくなって、自由闊達に伸びあがった秘茎を握れば、ズキンと快美が生じる。

「むふぅ」

太い鼻息がこぼれ、間近にあった薄布を蒸らした。それにより、チーズの香りが強まったようだ。

（うう、たまらない）

クロッチを鼻に密着させ、繊維の隙間にこびりついたものも逃さぬように、深々と吸い込む。劣情にまみれ、反り返るモノをしごけば、募る悦びに頭の芯が痺れる心地がした。

じゅわ——。

ペニスの中心を、早くも熱い粘りが伝う。このままだと、そう時間をかけずに昇りつめてしまいそうだ。

いや、むしろそのほうがいいのである。早くスッキリして、家政婦の仕事に戻らねばならないのだから。

昭人は右手の運動をスピードアップさせた。頂上を目指し、一直線に上昇する。

ニチャニチャ……。

こぼれたカウパー腺液が、上下する包皮に巻き込まれて泡立つ。荒ぶる鼻息も、オルガスムスが近いことを訴えていた。

（う、出る）

目の奥に快美の火花が散る。膝が笑い、立っているのが困難になった。

フィニッシュ目指してひた走る昭人は、脱衣所の外に迫る危機に気がつかなかった。いきなりドアが開けられるまで。

「キャッ」

悲鳴が聞こえ、心臓が止まりそうになる。

（え、誰が来たんだ!?）

焦りと混乱の中、昭人は回れ右をした。開け放たれた脱衣所の戸口に立ち尽くす人物に、もう一度驚愕する。

なぜなら、そこにいたのは知っている女性だったからだ。しかも、こんなところで会うはずがないひと。

驚きのあまり、昭人は猛るイチモツを握りしめた状態で固まった。もう一方の手にあるパンティも、隠すことなく鼻先に押し当てたまま。

そのため、何をしていたのかを、彼女にばっちりと見られてしまう。

（……どうしてこんなところに鉢谷さんが!?）

そのひとは、越してくる前の近所に住んでいた、素敵な奥さんだったのである。エプロンこそしていないが、ブラウスにふわっとしたスカートという、変わらず清楚な装い（よそおい）の。

あんな大きな家があるのに、団地に住んでいるはずがない。そうすると彼女も家政婦をしていて、同じ部屋でバッティングしてしまったというのか。

などと、混乱しながらも答えを導き出したものの、まったく違っていた。

「それ、わたしの下着——」

泣きそうな顔で指摘され、さらなるパニックに陥る。

(……このパンティが鉢谷さんのものってことは、つまり、ここに住んでるってことなのか⁉)

いったい、いつの間に引っ越したのだろう。夫が事業に失敗するなどして、夜逃げしてきたとでもいうのか。

(あ、だから借金取りに見つからないように、ドアのところに名前を出してなかったのか)

そういうことかと納得しかけて、いや、そんなはずはないとかぶりを振る。本当に借金をこしらえて逃げてきたのなら、家政婦など頼まないはずだ。

さっぱり話が見えないまま、昭人は為す術もなく立ち尽くした。そのくせペニスが萎えなかったのは、素敵な奥さんの秘臭を知ったことに感激したためである。

3

　とりあえず不埒な行いを平身低頭してお詫びし、彼女に下着を返す。昭人が名乗ると、彼女も鉢谷夕紀恵（ゆきえ）というフルネームを教えてくれた。

（夕紀恵さん……いかにも素敵な奥さんって感じの名前だな）

　できればこういう恥ずかしい状況ではなく、普通に知りたかった。見方を変えれば、こんな事態になったからこそ、名前を教えてもらえたとも言えるが。

　どちらにせよ、確認しなければならないことがいくつもあった。

「あの……おれは家政婦の仕事でこの部屋に来たんですけど、ここって鉢谷さんのお部屋なんですか？」

　訊ねると、夕紀恵が伏し目がちに「そうですね」とうなずく。昭人はすでにブリーフもズボンも穿いていたが、まともにこちらを見られない様子だ。

（なんか、後ろめたいことがあるみたいだぞ）

　おかげで、みっともないところを見られたあとにもかかわらず、気後（きおく）れすることなく質問を続けられた。

「じゃあ、あの大きなお家は、鉢谷さんのものじゃなくなったんですか?」

「いいえ。まだちゃんとあります」

「だったら、どうしてこの部屋に住んでるんですか?」

「べつに住んでるわけじゃ……」

それ以上は答えづらそうに、彼女は唇を嚙んだ。

「だけど、旦那さんもいっしょなんですよね?」

男の痕跡があったから、当然、夫といるのだと思ったのである。しかし、夕紀恵はうなずかなかった。気まずげに目を泳がせるばかり。

つまり、この部屋にいたと思われる男は、彼女の夫ではないのだ。

「ひょっとして、ここで愛人をしてるんですか?」

瑠璃子のことがあったから、それはないかと思いつつも訊ねたのである。甲斐性のある夫がいて、愛人などする必要はないのだから。

ところが、夕紀恵があからさまにうろたえたのだ。

「ど、どうして知ってるんですか!?」

訊き返してから、《しまった》という顔を見せる。認めてしまったも同じだと気がついたようだ。

（え、それじゃ——）

彼女も瑠璃子と同じだというのか。

「てことは、鉢谷さんも雇われて、パートみたいな感じで愛人をしてるんですか？」

前のめり気味の質問に、彼女は眉をひそめた。

「え、わたしもって？」

「ああ、いや、そういうひとを偶然知ったものですから」

瑠璃子の名前も、この団地に住んでいることも明かさずに告げると、夕紀恵は諦めたみたいに認めた。

「そうです。わたしは愛人なんです」

悪事が露呈したみたいにあっさり認められても、それで納得とはならない。

「でも、この部屋に住んでいるわけじゃないんですよね？」

「ええ。ダーリンのお相手をするときだけ、ここに来るんです。そのときは、住んでいるように振る舞いますけど」

彼女はパパをダーリンと呼んだ。要は通いで愛人をしているわけか。

（だから生活感がなかったんだな）

どの程度の頻度か知らないけれど、せいぜい週に二回ではないかと、昭人は推測した。夫がいて、妻としての役目もあるわけだから、そう頻繁には来られまい。

「あの……今日は住人の方が不在だと聞いて来たんですけど」

どうして現れたのか気になって告げると、夕紀恵が恥じらって目を伏せた。

「下着を忘れたことに気がついたものですから。今日、ここに家政婦さんが入ると聞いていたので、見られたら恥ずかしいから取りに来たんです」

そうすると、家政婦を雇ったのは愛人業者なのか。もしかしたら、瑠璃子のところもそうだったのかもしれない。通ってくる顧客が快適に過ごせるようにと。

「てことは、ひょっとして昨日もここに？」

もしやと思い、昭人は訊ねた。すると、夕紀恵が「ええ」とうなずく。

「ダーリンが来る前にシャワーを浴びて、下着を取り替えたんです。あとで洗うつもりで、とりあえず洗濯機に入れておいたんですけど、ついそのままにしてしまって……昨日はダーリンにいっぱい責められたものだから」

そう言って、頰をほんのり赤らめる。そのときのことを思い出したのか、唇がかすかにほころんだ。

（こんな綺麗な奥さんが、旦那以外の男にヤラれちゃうなんて）

しかも、かなり濃厚に交わったらしい。蒲団やシーツに染み込んでいた人間くささは、荒淫の名残だったのだ。

（ひょっとして、おれが疲れて眠っていたときに、鉢谷さんはここでセックスをしてたっていうのか？）

　夜には帰らなければならないのだろうし、昼下がりの情事を愉しんだ可能性がある。同じ団地の同じ棟で、そんなことが行われていたなんて。

　自身も一昨日、瑠璃子と痴態の限りを尽くしたことも忘れて、昭人はやり切れなくなった。妬ましくてたまらないのは、憧れていた奥さんが昼間っから見知らぬ男に抱かれ、乱れる場面を想像したからだ。

　おまけに、夕紀恵は大満足だったらしい。何度もイカされて、そのせいでボーッとなり、洗濯機に入れた下着を忘れて帰ったのだろう。

（そこまでハッスルしたなんて、瑠璃子さんのパパとはえらい違いだな）

　ということは、けっこう若いのだろうか。

「鉢谷さんのパパ――ダーリンは、おいくつなんですか？」

「四十二歳です」

「じゃあ、まだ若いんですね」

「そうですね。わたしとはたった六つ違いですから」

『たった』なんて言ったのは、世間一般にある愛人のイメージみたいに、地位のある高齢男性に囲われているわけではないと訴えたかったからなのか。年が近いし、恋愛と変わりがないと見られたいのかもしれない。

だとしても人妻だから、不貞であることに変わりはないのだが。

(てことは、鉢谷さんは三十六歳か)

見た目が若々しくても、色気が感じられるのは当然だ。肉体が成熟しているのに加えて人妻であり、尚かつ愛人までしているのだから。

それにしても、四十二歳で愛人が持てるとは、どんな男なのだろう。マンションを買い与えているわけではなく、リーズナブルなのは確かでも、相応の収入がないと無理である。本当に昼間から交わったのだとしたら、時間が自由になる企業経営者か、あるいは自営業なのか。

(だけど、あんな立派な家を建てるんだから、鉢谷さんの旦那さんだって負けないぐらい稼ぎがいいんだよな)

見知っている限りとは言え、生活に不自由している様子はなさそうだった。なのに、どうして愛人をしているのかが気にかかる。

「あの……何か理由があって、愛人をしているんですか？」

事情があるんでしょうと暗に気遣うことで、打ち明けやすくなると思ったのである。するど、夕紀恵はためらいがちに口を開いた。

「理由……そうですね」

うなずいて、小さくため息をこぼす。

「やっぱり、寂しかったんだと思います」

「え、寂しいって？」

「思っていた結婚生活と、ちょっと違ったっていうか——」

夕紀恵の話では、夫はやはり稼ぎがいいらしい。そのぶん毎日忙しく、帰りが遅いばかりか、出張で不在にすることも多いという。

（だから旦那さんといっしょのところを見かけなかったんだな）

昭人は納得した。彼女が自分なんかにも挨拶をしてくれたのは、寂しくて誰かと交流を持ちたかったからではないのか。

「でも、旦那さんが仕事をするのは、奥さんを養うためっていうか、家庭を維持するためなんですから」

同性の立場で弁護すると、夕紀恵は「そうでしょうか？」と首をかしげた。

「ウチのひとは、とにかく仕事が好きなんです。仕事をしているときが一番生き生きしていて、そういうところに惹かれたんですけど」

　ということは、もともと勤め先が同じだったのか。仕事のできる男はモテると聞くが、妻や家庭を顧みないほどだなんて、結婚前にはわかるまい。

「じゃあ、旦那さんにかまってもらえないから、他の男性を求めたんですか？」

「そうですね。わたしだって女ですから」

　昭人はドキッとした。彼女が口にした「女」という単語に、やけに生々しい響きを感じたのである。

（つまり、欲求不満でからだが疼いてたってことなのか？）

　そんなふうには少しも見えなかった。むしろ幸せそうだったのに。

　旦那さんに愛されて、充実した日々を過ごす人妻だと信じ込んでいた。各家庭のことは、外から見るだけではわからないものらしい。

「あとは、お金を貯めたかったのもありますけど」

　夕紀恵の告白に、昭人は「え、お金？」と訊き返した。愛情やセックスに飢えていたのかもしれないが、そっちは不自由していないだろうに。

「正直、今のままの結婚生活を続ける自信がないんです。もしかしたら別れるかもしれないですし」

かなり思いつめていることが窺える、沈んだ表情。直ちにそうなるわけではなくても、いずれはという可能性を考え、独りになったときのために貯蓄しているようだ。

（だけど、本当に離婚することになったら、慰謝料や生活費がたくさんもらえそうだけどな）

もちろん、愛人をしていることがバレたら、そうはいかない。

「だからって、すぐに別れるつもりはないんです。お願いですから、このことはウチのひとには黙っていてください」

夕紀恵が両手を合わせて懇願する。そもそも彼女の夫を知らないのであり、教えようもないのに。

それに、顧客の秘密は厳守だと、香澄にもキツく言われていた。仮に部屋で何かを見つけても、プライバシーを決して他に洩らしてはいけないと。

それを破ったら本採用にならないどころか、直ちにクビであろう。

「わかりました」

昭人は承知したものの、夕紀恵が安堵の面持ちを見せるなり、軽い苛立ちを覚えた。

もちろん、誰かに告げ口をするつもりなんて毛頭ない。しかし、このまま彼女が愛人を続けることにモヤモヤする。素敵なひとだと、密かに慕っていた奥さんだけに、裏切られた気持ちを拭い去れなかった。

そのため、相応の見返りを求めたくなったのである。

黙っているからセックスをさせて欲しい。それが昭人の偽らざる思いであった。夕紀恵を抱くことで、モヤモヤもすっきりする気がした。

だが、それは脅迫だ。仮に了承してもらえても、こっちが悪者になるからいい気分ではない。罪悪感も長引きそうである。

要は一方的な要求にならず、彼女のほうも乗り気で相手をしてくれるような展開にすればいい。何かいい手はないかと考えて、奇跡的に妙案が浮かんだ。

「あの……その代わりってわけでもないんですけど、おれも鉢谷さんに是非お願いしたいことがあるんです」

「え、わたしに？」

「はい。鉢谷さんにしかできないことなんです」

下手に出て持ちあげると、夕紀恵も興味を持ったようである。

「なんですか？」

「実は、おれ……童貞なんです」

恥を忍んで打ち明けるという態度を示し、告げてから下唇を噛んで下を向く。我ながらうまい演技だと思った。

おかげで、彼女も疑わなかったようである。

「田中さんって、おいくつなんですか？」

「二十六です」

「そうなの……まあ、近頃は女の子と付き合えなくて、なかなか体験できない子も多いって聞いたことがありますけど」

「はい。おれもこれまで、彼女ができたことがなくて」

これは本当だから、告白も真に迫っていたのではないか。

「でも、女性に興味がないわけじゃないんです。むしろありすぎるぐらいで。だからさっきも鉢谷さんの下着を見つけて、我慢できずにあんなことを——」

恥ずかしい場面を見られたのを逆手に取り、偽りに真実味を加える。夕紀恵はなるほどという顔でうなずいたから、完全に信じたはずだ。

「おれはずっと、初体験をするなら鉢谷さんみたいに、魅力的な年上の女性がいいなって思ってたんです。結婚をされているから男のこともよくわかっていて、優しく導いてくれるんじゃないかって」

上目づかいで確認すると、人妻はすっかり乗せられたふうだ。何も知らない年下の男を前にして、そわそわしているのが窺える。

「だから、鉢谷さんさえよろしかったら、おれに女性を教えてほしいんです」

是非ともという、熱意と願いを込めた眼差しを向けると、彼女がナマ唾を呑んだのがわかった。

夫に相手をされない寂しさから、愛人になったぐらいである。清楚な見た目とは裏腹に、大胆で奔放なのだろう。無論、セックスも好きなのだ。

「わたしに童貞を奪ってほしいってこと？」

確認する声が、わずかに震えている。目も艶めきを帯びていた。

「はい。お願いします！」

いかにも真面目な青年ふうに、深々と頭を下げる。その姿勢のまま返答を待っていると、

「そういうことなら、わたしがひと肌脱いであげてもいいわ」

期待どおりのことを告げられ、昭人は天にも昇る心地であった。

「本当ですか？　ありがとうございます」

感激をあらわに礼を述べると、夕紀恵はもったいぶったふうに眉をひそめた。

「だけど、今回だけですよ。ちゃんと童貞を卒業できたら、それでおしまいね」

できればそのあともお手合わせを願いたかったが、ここは素直に聞き入れるべきだろう。

（一回ヤッちゃえばハードルが下がって、案外鉢谷さんのほうから誘ってくるようになるかもな）

などと期待をふくらませながらも、昭人は「わかりました」と従順に答えた。

4

ふたりで奥の和室に行く。蒲団は干したばかりだったので、

「畳の上でいい？」

夕紀恵に訊かれ、昭人は「はい」と答えた。彼女と抱き合えるのなら、板の間だってかまわないという心境だった。

（ていうか、鉢谷さん、言葉遣いが変わったよな）

それから、こちらに接する態度も。十コも年下で、しかも童貞だと聞かされたことで、年上ぶった振る舞いをするようになったのか。昭人を下に見てというより、弟を相手にするような心持ちになっているかに見える。

まあ、本当に弟だったら、セックスはできないけれど。

畳の上にかしこまって正座する昭人の前に立ち、夕紀恵が服を脱いでゆく。ブラウスのボタンがはずされ、中にはキャミソールタイプの薄いインナーを着ていた。

それを頭から抜くと、ピンク色のフリル付きブラジャーがあらわになる。

(可愛い下着が好みみたいだな)

若く見られたいわけではなく、もともとこういうのが好きなのだろう。それに、色白の肌は輝かんばかりで、抜群に似合っていた。

(やっぱり素敵だ……)

こんなことになるのなら、童貞のままでいたほうがよかったと後悔する。そうすれば誰にでも自慢ができる、最高の初体験が迎えられたのに。

「恥ずかしいわ」

スカートのホックをはずしたところで、人妻がためらう。昭人の食い入るような視線に戸惑ってというより、いっそ焦らしているふうであった。

「ね、わたしがスカートを脱いだら、次は昭人さんの番よ」

下の名前で呼んでくれたのは、親しみの表れなのだろう。

「は、はい」

「それじゃ――」

柔らかそうなスカートが、ふわっと広がって落下する。ブラとお揃いの、可憐なパンティがあらわになった。むちむちして女らしい腰回りに、窮屈そうに張りついたものが。

「ああ」

昭人は思わず声を洩らした。あんなに憧れていた素敵な奥さんが、下着姿で目の前に立っているのだ。感動しないほうが嘘である。

甘くてなまめかしい香りが漂ってくる。人妻の柔肌が漂わせる、素のフレグランスに違いない。

「今度は昭人さんの番よ」

夕紀恵が畳に脚を流して坐る。そのポーズだと、ふっくらしたお腹がわずかにパンティのゴムに乗っかるのが、やけにエロチックだ。

ビクン――。

股間の分身がしゃくり上げる。彼女がストリップを始めたときから膨張していたのであるが、とうとう完全勃起したのだ。

つまり、脱いだらそこを見られるのである。

ついさっき、オナニーを目撃されたとは言え、恥ずかしくないわけがない。突発的な事故ではなく、自ら晒すことになるのだから。

それでも、憧れの女性と結ばれるのだ。ためらってなどいられない。

決心が挫けないうちにと、昭人は手早く服を脱いだ。上半身をすべてあらわにしてからズボンに手をかけ、靴下も一緒に爪先からはずす。残るはブリーフ一枚だ。

股間にテントを張ったそれに手をかけたところで、動きが止まる。やはり恥ずかしくて、簡単には脱げなかった。

だいたい、今の自分は童貞なのだ。躊躇せず裸になってしまったら、経験があるのかと怪しまれるかもしれない。そこで、

「こ、これもですか？」

と、人妻に縋る目を向ける。

「もちろんよ」

友紀恵の目は、いかにも小気味よさげに輝いていた。年下のチェリーを自由にできることに、愉悦を覚えているのではないか。

「でも、鉢谷さんはまだ脱いでいないのに」

不満を口にすると、彼女が睨んでくる。怒らせたのかと、昭人は思わず首を縮めた。

「夕紀恵でいいわよ」

「え？」

「こんなときに苗字で呼ぶなんて、他人行儀じゃない」

目を細めた人妻が、唇の端に妖艶な笑みを浮かべる。そういうことかと安堵し、昭人は言い直した。

「えと、夕紀恵さんも脱いでほしいんですけど」

「じゃあ、わたしがおっぱいを見せたら、昭人さんもオチンチンを見せてね」

露骨な単語を口にされ、どぎまぎする。正直、フェアではない気がしたものの、本番前にごねてもしょうがない。

「わかりました」

「それじゃ――」

彼女が背中に両手を回す。ブラジャーのホックがはずされ、カップがふくらみから浮きあがった。ストラップが肩から滑り落ち、蒼い静脈の透ける乳房が、たふんとはずんで現れる。

（ああ、夕紀恵さんのおっぱい）

昭人は思わず前のめりになった。重力に逆らうことなく、雫の形で揺れる双房に引き寄せられたのである。

ところが、ブラジャーを取り去ると、夕紀恵はふくらみを両腕で隠してしまった。

「ほら、昭人さんも」

ペニスを見せないと、おっぱいも見せてくれないのか。もはや恥ずかしいなんて言っていられない。

昭人はブリーフに手をかけると、思い切って脱ぎおろした。

ぶん——。

ゴムに引っかかった強ばりが勢いよく反り返り、下腹をぺちりと叩く。遮るものがなくなり、いっそう勢いを増した牡器官に、人妻の熱っぽい視線が注がれた。

「まあ、すごい」

夕紀恵がにじり寄ってくる。昭人は腰を少し引いた格好で、彼女の出方を窺った。だが、たふたふと躍る乳房に目を奪われるなり、

「あうっ」

手がのばされ、屹立を握られる。素速い動きだったため逃げることができず、昭人は呻いて膝を震わせた。

(夕紀恵さんが、おれのチンポを——)

脳裏に、初めて会ったときのエプロン姿と、人好きのする笑顔が浮かぶ。こんな日が来るなんて、あのときは頭の片隅にだって思わなかったのに。

というより、今の大胆な振る舞いが、本当の彼女なのか。

「こんなに硬いわ。やっぱりまだ若いのね」

感動の面差しを見せた彼女が、握り手に強弱をつける。快感がいっそうふくれあがり、昭人はハッハッと呼吸をはずませた。

「ゆ、夕紀恵さん」

名前を呼ぶと、美貌に淫蕩な笑みが浮かぶ。

「気持ちいいの？」

「よすぎます。そんなことされたら、おれ……」

身をよじると、焦ったように手がはずされる。爆発しそうだという演技だったのだが、夕紀恵はすぐに信じたようだ。

「昂奮しすぎよ」

上目づかいで、窘（たしな）める言葉を口にする。

「すみません」

昭人は素直に謝ったが、胸の内では驚きを禁じ得なかった。

（おれ、そんなに演技がうまかったのか？）

ライブでコントを披露したとき、ネタはよくても演技がまだまだと、批評されることが多かったのだ。いつの間に上達したのか。

おそらく、夕紀恵が信じ切っているからバレないだけなのだろう。

「オチンチンをさわられるのも初めてだったの？」

「はい」

「だったらしょうがないわね」

夕紀恵は別のアプローチで、昭人を翻弄することにしたようだ。

「女のアソコを見たことはあるの？」

挑発的な眼差しで問われ、胸の鼓動が跳ねあがる。

「えと、ネットでなら」

「そういうんじゃなくて、実物は？」

「あ、ありません」

「見たい？」

昭人は首がバネになった人形みたいに、ガクガクとうなずいた。

「エッチねえ」

含み笑いでからかいつつも、彼女は最後の薄物に手をかけた。ヒップを少し浮かせて、もったいつけるように剝き下ろす。

桃色のパンティが女らしい美脚をすべり降りるのを、昭人は息を吞んで見守った。なんてセクシーなのかと、感動で胸が震える。

「じゃあ、しっかり見なさい。オチンチンを挿れるとき困らないように」

畳に尻を据えた人妻が、脚を大きく開く。両膝を立てたM字のかたちで、中心部分を大胆にさらけ出した。

（わっ！）

心の中で雄叫びを上げ、乳房を目にしたとき以上に前のめりになる。さらに、膝をついて前屈みになると、その部分に顔を近づけた。しっかり見なさいと言われたからというより、昭人自身が見たかったのだ。

（これが夕紀恵さんのアソコ……）

逆立った恥叢がやけに濃く感じられるのは、無毛だった瑠璃子のそこの印象が強く残っているからか。恥丘に逆立つ縮れ毛は、牝の情念のようにも感じられた。

おまけに、肉厚の花びらも咲きほころんで、狭間に生々しい色合いの粘膜を見せつけていたのだ。

いかにも男を咥え込みそうな女芯の佇まいに、昭人は圧倒されるのを感じた。清楚な奥様のイメージとは真逆で、そのギャップゆえに劣情を覚えずにいられない。

漂ってくるのは、酸味の強いチーズ臭だ。パンティに染み込んでいたものと共通するかぐわしさも、濃厚なぶん、いやらしさは段違いだった。

「ここにオチンチンを挿れるのよ」

視界の上側から侵入した指が、濡れ光る粘膜を探る。さっきから息吹くように見え隠れしていた洞窟が掻き回され、チュクチュクと卑猥な音が立った。

さっき妄想したばかりの人妻のオナニーシーンが、現実のものとなる。しかも、憧れてやまなかったひとが、恥ずかしいところをすべて晒しているのだ。

(いやらしすぎる)

勃起が壊れそうにしゃくり上げた。

「あん」

艶っぽい声を洩らした夕紀恵が、トロンとした目で見つめてくる。

「挿れたい？」

誘う言葉に、全身がカッと熱くなる。

「は、はい」

急いて返事をすると、彼女が「いいわよ」と答え、畳に身を横たえた。

「ほら、来て」

いきなり挿入という展開に、戸惑わないではなかった。いくつかの段取りを経て交わるのだと思っていたから。

けれど、猛る分身がズキズキと疼き、快感を欲していたのも事実である。

(夕紀恵さんの言うとおりにすればいいんだ)

名目上は童貞なのであり、経験豊富な人妻に従うより他ない。ヘタにためらったら、偽りのお願いを見抜かれる恐れがある。

昭人は要請されるままに、熟れた裸身に覆い被さった。肌のなめらかさとぬくみを味わう前に、ふたりのあいだに差し入れられた手が牡根を握る。

「ここよ」

初めてだから気を利かせて、夕紀恵が導いてくれる。肉槍の穂先を恥割れにこすりつけ、しっかりと潤滑した。

(うわ、すごく濡れてるぞ)

粘膜同士の摩擦で、淫靡な粘つきがこぼれる。温かな蜜汁が、間断なく溢れているようだ。

夕紀恵は特に愛撫などされていない。全裸になって、勃起したペニスをちょっと握っただけである。

なのに、ここまで潤っているのは、それだけ昂(たかぶ)っている証(あかし)だ。もしかしたら、童貞の筆下ろしをするのが夢だったのだろうか。

「さ、挿れなさい」

指がはずされ、待ちきれないという口振りで告げられる。昭人の胸は、きゅんと締めつけられた。これまでになく生き生きとした面差しが、年上なのに愛らしく見えたのである。

(やっぱり可愛いひとなんだ)

初対面の印象とは異なる大胆さに驚かされたけれど、それは自分に正直に振る舞っただけのこと。夫にかまってもらえない寂しさから愛人になったのだって、誰かに愛されたいという率直な気持ちの表れだとも取れる。

体験したいという年下男の願いを聞き入れてくれるのだし、根は優しいのだ。思っていたとおりに素敵な女性だったとわかり、愛しさがこみ上げる。

そんな彼女を童貞だと騙していることに、ほんのちょっぴり罪悪感を覚える。けれど、憧れのひととひとつになれる喜びのほうが、ずっと勝っていた。

「い、行きます」

昭人は人妻の中へ、ずむずむと深く入り込んだ。

「くぅうーン」

夕紀恵が首を反らし、裸身をブルッとわななかせる。肉茎全体がねっとりと包み込まれ、昭人も快さに陶然となった。

(ああ、気持ちいい)

花びらが具合のいいクッションとなり、根元部分を受け止めてくれる。挿入しただけで豊かな心持ちになれた。

それは成熟した女体そのものが、安心感を与えてくれたためもあったろう。

「あん……いっぱいだわ」

悩ましげに眉根を寄せ、夕紀恵がつぶやく。柔らかなボディがしなやかにくねり、下から抱きしめてくれた。

(素敵だ――)

密着した肌のなめらかさは、巨大なマシュマロのよう。弾力もまさにそれだった。

「どう？」

短い問いかけに、間近になった美貌を見つめる。目がトロンとして、ますます色っぽい。

「すごく気持ちいいです」

感動を込めて答えると、彼女は満足げにほほ笑んだ。

「これが女性のからだなのよ」

「はい。最高です」

「うん……わかるわ」

夕紀恵は両脚を掲げると、昭人の腰に絡みつけた。まるで、もう離さないというふうに。

「硬いオチンチンが、中でビクンビクンって脈打ってるもの」

半開きの唇がかぐわしい吐息をこぼし、それが顔にふわっとかかる。もっと彼女と深く交わりたい心持ちになっていた昭人は、ほとんど反射的にくちづけていた。

「ん――」

その瞬間、夕紀恵が身を堅くする。唇もきつく引き結ばれた。

けれど、それはほんの刹那(せつな)のことで、すぐに受け入れてくれた。

「むぅ……ンふ」

小鼻をふくらませ、積極的に唇を吸う。昭人がどうしようと迷うあいだに、舌も差し入れてくれた。

（おれ、夕紀恵さんとキスしてるんだ）

セックスももちろん感激したが、唇同士の密接なふれあいは、いっそう気持ちが通い合う心地がする。舌を絡め、甘くてトロリとした唾液を味わうことで、彼女との一体感も覚えた。

そのため、蜜穴に埋まった強ばりも、小躍りするみたいに脈打つ。

「ふは――」

唇をはずし、夕紀恵が濡れた目で見つめてきた。

「ひょっとして、キスも初めて？」

「はい……すみません。おれ、夕紀恵さんで何もかも体験したくて」

「わたしはかまわないわよ。でも、本当に元気だわ、昭人さんの」

「え？」

「オチンチン。早く白いのを出したいって、駄々をこねてるみたいよ」

含み笑いで言われ、頬が熱くなる。

実際のところ、昭人はそこまで切羽詰まっていなかった。分身の反応が顕著なのは、憧れの人妻とひとつになれた感激に因る部分が大きかったであろう。

だが、自分は童貞ということで、彼女とセックスができたのだ。ここは初めてらしく、早々に果てるべきである。

せっかくだから、長く愉しみたい気持ちはあった。しかし、一度達して終わりとは限らない。

(夕紀恵さんは、まだ満足してないんだし、勃起したら、もう一回させてくれるかもしれないぞ)

彼女と一緒なら、何度でも復活できる自信がある。これからの展開を計算して、昭人は昇りつめることにした。

「だって、おれ、初めてだし……」

情けなさをあらわにすることで、母性本能をくすぐったらしい。

「いいのよ。誰にだって、初めてのときがあるんだもの」

夕紀恵が優しく抱きしめ、背中を撫でてくれる。

(ああ、なんていいひとなんだろう)

これが本当に初体験だったらと、昭人は心から思った。

「じゃあ、もっと気持ちよくなって、わたしの中でイキなさい」

「え、いいんですか?」

「ええ。わたしも昭人さんのあったかいのを、奥でいっぱい浴びたいわ」

淫蕩な眼差しで求めながらも、ちゃんと気遣ってくれる。

「初めてだから、どう動けばいいのかわからないかもしれないけれど、自分が気持ちいいって感じられればそれでいいのよ。わたしのことは気にしないで」

どこまでも思いやり溢れる人妻に、昭人は感激のあまり涙ぐみそうになった。

「はい。わかりました」

「じゃあ、好きにしてちょうだい」

などと言いつつ、牡腰に絡みつけた脚をはずさなかったのは、しっかり支えているから大丈夫と伝えるためではなかったのか。実際、昭人も安心できたのだ。

(ひょっとして、前にも童貞の相手をしたことがあるのかな?)

彼女なら親切心から、いくらでも導いてあげそうな気がする。もしもそうだったとしたら、そいつはなんて幸せ者なのか。

と、想像はそこまでにして、

「う、動きます」

昭人はそろそろと腰を引き、再び戻した。初めてのときはどうだったのかを思い返しながら、慎重に動く。

もっとも、経験そのものが少ないのだ。慣れた腰づかいなどできるはずがない。ストロークも短めで、腰をひこひこと突き動かした。

中のヒダが、ペニスにねっとりとまといつく。退くとどこまでもついてくる感じで、進むと愛液がぢゅぷりと音を立てるようだ。

(うう、よすぎる)

余裕があると思ったのに、早くも危うくなった。

「あ、あん……んぅ」

夕紀恵も切なげに喘ぐ。ぎこちないピストンでも、膣を掻き回されれば感じてしまうのか。

(おれ、夕紀恵さんとしてるんだ)

夢が叶った嬉しさで、腰づかいが気ぜわしくなる。

目を閉じた彼女の、陶酔の表情にも引き込まれ、いよいよ限界が迫ってきた。抽送を始めて、まだ二分ぐらいしか経っていないのに。

「ゆ、夕紀恵さん、もう」

荒い息づかいの下から告げると、人妻が瞼を開いた。唇に優しい微笑を浮かべる。

「いいわよ。イキなさい」

「はい。あ、あ、あああ」

甘美な震えが全身に行き渡る。昭人はぎくしゃくした腰づかいで女芯を突き、めくるめく歓喜に巻かれた。

「で、出ます。いく」

ふんと太い鼻息をこぼした直後、陽根の中心を熱いものが駆け抜けた。

びゅくんっ――。

情熱の滾(たぎ)りが勢いよくほとばしり、子宮口を打つ。

「おおお」

昭人は声を絞り出しながら、ザーメンもドクドクと吐き出した。全身が蕩けるような悦びにまみれて。

「ああーん」

夕紀恵も声をあげ、腰をくねらせる。内部がすぼまり、射精を促すみたいに奥へと蠕動(ぜんどう)した。

それにより、オルガスムスが長く続く。

（最高だ――）

ありったけのエキスを放ち、昭人はからだのあちこちをピクピクと痙攣させた。余韻をじっくり味わってから、女体にからだをあずける。

「はあ……ハッ、はふ」

深い呼吸を繰り返すあいだも、人妻が汗ばんだ背中をさすってくれた。おかげで、豊かな心持ちで虚脱状態に漂う。

「気持ちよかった?」

優しい問いかけが、耳に快い。

「はい、すごく」

「わたしもよかったわよ。昭人さんのが中で暴れて、ドクドクッてあったかいのを出したのが、ちゃんとわかったもの」

うっとりした声音に嘘はなかったであろう。だが、昭人としては、もっと感じさせてあげたかったというのが本音だ。

(これで終わるわけにはいかないぞ)

新たな闘志を燃やしつつ、夕紀恵に唇を重ねる。舌を戯(たわむ)れさせる濃厚なくちづけを交わし、ふたりは畳の上で身も心も絡め合った。

「え?」

唇をはずした夕紀恵が驚きを浮かべる。何かあったのかと、昭人はドキッとした。

「昭人さんの、まだ大きなまんまだわ」

言われて、彼女の中の分身が、雄々しい状態をキープしていることに気がつく。射精しても萎えなかったようだ。

「だって夕紀恵さんは、おれの憧れのひとだったから」

想いを伝えると、人妻が「まあ」とはにかむ。それから、期待に満ちた眼差しを向けてきた。

「じゃあ、まだしたいの？」

「はい」

昭人は食い気味にうなずいた。

第三章　したがりの若い肌

1

　とりあえず汗を流しましょうと言われ、ふたりは全裸のまま浴室に移動した。

　昭人は、人妻の素敵な匂いが消えてしまうのをもったいなく感じた。しかし、初体験を遂げたばかりという設定で、そんなフェチっぽいことは言えない。おとなしく従ったのである。

「本当に元気。カッチカチだわ」

　どこぞのお笑い芸人みたいなことを口にしながら、夕紀恵がペニスを清めてくれる。ボディソープの泡をまといつけた指でヌルヌルと摩擦され、昭人は膝から崩れ落ちそうになった。

「ゆ、夕紀恵さん……あうっ」

「ほら。こんなにいっぱいお汁が出てる」

鈴口から滴るカウパー腺液が、亀頭粘膜の泡を溶かす。尿道口への侵入を遮るかのように。

「ここは特に綺麗にしないとね」

柔らかな指頭が、くびれの段差を執拗にこする。確かに汚れや匂いが付着しやすいところだが、敏感でもあるのだ。

「ああ、あ、駄目」

快美に目がくらみ、腰から力が抜ける。

「そ、そんなにされたら、また出ちゃいます」

泣き言を口にすると、夕紀恵に上目づかいで睨まれた。

「さっきイッたばかりでしょ。男の子なんだから、我慢しなさい」

などと言いながらも刺激を弱めてくれたから、やっぱり優しいのだ。そして、真下の急所も持ちあげるようにして洗う。

「むふふぅ」

そちらもくすぐったい快さを与えられ、鼻息が荒くなった。

「あら、キンタマも気持ちいいの？」

「は、はい」

「気持ちよくなって、元気なタネをいっぱい作りなさい。まだ若いんだから」

クスクスと無邪気な笑みをこぼしつつ、あられもないことを口にする。それにより、いっそう親密になれた気がして、昭人は幸せを噛み締めた。

（夕紀恵さんと、こんなことができるようになるなんて――）

家政婦の仕事を始めてよかったと、心から思う。とは言え、彼女が愛人をしているのは、相応にショックであった。

ただ、それゆえに望みもある。自分もしっかり稼げるようになったら、夕紀恵を愛人にすればいいのだ。

お笑いもしっかり頑張らねばと決意を新たにした直後、股間の泡がシャワーで流される。もう終わりかと、昭人はちょっとがっかりした。ただの愛撫とは異なる気持ちよさがあったからだ。

すると、夕紀恵が前に跪（ひざまず）いた。

「オチンチン、ピカピカになったわ」

嬉しそうに口許をほころばせ、反り返る肉根を握る。前に傾けたかと思うと、いきなり紅潮した亀頭を頬張った。

「あああっ」

たまらず声をあげると、チュウと吸われる。後頭部にガツンと来る快感に目がくらんだ。

彼女はピチャピチャと舌を鳴らし、ペニスに唾液をまといつける。溜まったところで一気にすすり、強烈な快美感をもたらした。

（夕紀恵さんが、おれのチンポを──）

背徳感と悦びがせめぎ合い、腰が気怠さを帯びる。それにしても、我慢しなさいと言っておきながら、さらにねちっこい愛撫を施すなんて。

けれど、昭人が崩れそうに膝を揺らすと、牡器官を解放してくれた。

「硬くて元気だわ……口が壊れちゃいそう」

唾液で光る漲り棒を、うっとりと見つめる。それで終わりではなく、今度は陰嚢にも口をつけた。

「ううぅ」

垂れ下がったフクロをねぶられ、腰の裏がゾクゾクする。瑠璃子とはまた違った舌づかいで、人妻は牡の急所を満遍なく濡らした。昇りつめる恐れはなかったものの、そのぶん焦れったくて頭がおかしくなりそうだ。

（ああ、もう）

射精欲求が募り、分身がせわしなく反り返る。下腹をピタピタと打ち鳴らし、筋張った肉胴に先走りの汁を伝わらせた。

口淫奉仕で年下の男をさんざん喘がせてから、夕紀恵が口をはずす。

「ふう」

ひと息ついて立ちあがると、シャワーノズルを手に取った。

「さ、もう出ましょう」

ふたりのからだにお湯をかける。牡の性器も清め、付着した唾液を洗い流した。

（ああ、もったいない）

親密になった証が消えてしまうようで、昭人は残念がった。しかし、これで終わりではないのだ。

脱衣所でも、夕紀恵は甲斐甲斐しくからだを拭いてくれた。勃ちっぱなしのシンボルに目を細め、

「全然おとなしくならないのね」

と、からかう口振りで言う。

（いや、夕紀恵さんのせいだよ）

昭人は胸の内で反論した。浴室でも気持ちよくされて、萎えるヒマなどなかったのだから。

「次はどこでする？」

素っ裸のまま脱衣所を出たところで、彼女が小首をかしげた。

淫蕩な眼差しでの誘いに、自然と鼻息が荒くなる。またさせてもらえるのだ。

「あ、ええと」

迷ったとき、ダイニングキッチンが目に入った。途端に、妙案が閃く。

「あの、エプロンってありますか？」

「え、あるけど」

「着けてくれませんか？　その、裸のままで」

この要請に、彼女は驚いたふうに目を丸くした。

「あら、昭人さんも、そういうのが好きなの？」

「え、それじゃ――」

「ダーリンも好きなのよ、裸エプロン。よくお願いされるの」

すでに経験済みだったなんて。おかげで夕紀恵も抵抗がなかったようだ。

「ちょっと待ってて」

昭人をその場に残し、奥へと急ぐ。少し待っていると、パタパタとスリッパの足音を立てて戻ってきた。

「お待たせ」

現れた彼女を目にするなり、昭人は身悶えしたくなった。

(ああ、夕紀恵さんだ)

当たり前のことに感動したのは、ベランダで洗濯物を干す彼女を初めて目にしたときと、同じものを着けていたからだ。

胸当て付きで、裾をフリルで飾られた、真っ白なエプロン。シンプルで清楚なデザインゆえ、誰にでも似合うわけではない。

夕紀恵は、これを着けるために生まれてきたかのごとく、抜群にマッチしていた。しかも、現役の人妻なのだ。

「どうかしら?」

彼女が目の前で、くるりと一回転する。正面から見ても、剝き出しの肩や脚、脇から今にもこぼれそうなおっぱいがセクシーだったのに、バックスタイルはそれ以上の破壊力であった。

（ああ、夕紀恵さんのおしり）

浴室でオールヌードを拝んだあとでも、たまらなくそそられる。肌の一部が隠されていることで、ナマ尻がいっそう生々しく映り、エロスを際立たせていた。

残念ながら、夕紀恵はすぐに正面を向いてしまった。けれど、裸エプロンのプレイは、まだ始まったばかりなのだ。

「じゃあ、こっちに来て」

彼女が先導して、ダイニングキッチンに入る。どうやらダーリンとは、いつもそこで愉しんでいるらしい。エプロンを着けているのだから、それに相応しい場所で戯れるのが自然だろう。

夕紀恵が流し台に向かって立つ。特に何も始めなかったが、昭人はヒップを向けられただけで小躍りしたくなった。

（なんていやらしいんだ！）

全裸にエプロンを着け、熟れたヒップをまる出しにしてキッチンに立つ人妻。男なら誰もが夢見るであろう光景が、目の前にあるのだ。

昭人は蜜に吸い寄せられる昆虫のごとく、彼女の後ろにフラフラと進んだ。

気配を察したか、夕紀恵が顔を半分だけ後ろに向ける。年下の男が近づいているのを認め、唇の端に笑みを浮かべた。

「何をしたいの？」

すべてお見通しの様子ながら、どこかわくわくしているふうでもある。おそらく、こちらが何をしても受け入れてくれるはずだ。

そう考えて、昭人は己の欲するまま行動することにした。いきなり彼女の真後ろに跪いたのである。

「キャッ」

夕紀恵が小さな悲鳴をあげ、ふっくら臀部をキュッとすぼめる。その様を、昭人は目の高さで観察した。

（これ、エロすぎるよ）

見るからにぷりぷりで、肌ざわりもよさそうな極上ヒップ。後ろの結び目からはらりと垂れる紐も、絶妙なアクセントになっていた。

せっかくのチャンスだ。後悔のないよう、したいことをさせてもらおう。昭人は両手を差しのべ、脂（あぶら）がのった趣の双丘を鷲摑みにした。

むにゅん——。

程よい弾力のお肉に、指が喰い込む。想像した以上に頼りがいがあり、搗（つ）き立てよりは少し時間の経ったお餅という感じだ。

スベスベの肌も官能的で、昭人は飽きることなく尻肉を揉み撫でた。

「もう……」

夕紀恵がため息交じりの声を洩らす。もどかしげに腰をくねらせたのは、ちゃんと感じるところを愛撫してほしいからなのか。

ならばと、たっぷりした尻肉を左右にくつろげる。深いミゾが開き、ほんのりくすんだ色合いの谷底が見えた。

そこにあったのは、小さな小花を思わせる可憐なすぼまりだ。

性器を見せられたとき以上に、胸が高鳴りを示す。禁断の園に踏み込んだかのごとく、背徳的な昂りに胸が苦しくなった。

(夕紀恵さんのおしりの穴だ)

「ちょ、ちょっと、何してるのよ⁉」

人妻が焦った口振りで非難する。肛門を暴かれたことに気がついたのだ。

だが、彼女は無防備な姿勢で、後ろを取られても抵抗しなかったのである。今さら文句を言われても困る。

「もっとおしりを突き出してください」

非難など意に介さずお願いすれば、

「もう……エッチなんだから」

夕紀恵はブツブツこぼしながらも、丸みを差し出してしてくれた。

（裸エプロンに慣れてるんじゃなかったのかな？）

彼女のダーリンもプレイのときは、こんなふうに艶尻を愛(め)でているのだと思っていた。と言うより、裸エプロンを前にして、他にすることがあるのだろうか。

（それとも、いきなりバックから挿入するんだとか）

だとしたら、著しく情緒に欠ける。シェフが腕を振るい、見た目も凝った料理をこしらえたのに、一瞥(いちべつ)しただけで口に入れるようなものではないか。

自分はそんな野暮(やぼ)な男ではないと証明すべく、昭人は豊臀に顔を埋めた。

「や、ヤダ、バカぁ」

と、罵(ののし)られるのもかまわずに。

鼻面が尻割れに入り込む。シャワーを浴びたばかりで、残念ながらそこにこもるのは、ボディソープの甘い香料のみだった。

（シャワーの前にこうするんだった）

などと後悔しても、すでに遅い。そもそも洗ってなかったら、夕紀恵は絶対に許さなかった可能性がある。清めたあとだからこそ、大概のことには目をつぶってくれるのではないか。

（そう言えば、おれ、瑠璃子さんに肛門を舐められたんだよな）

ふと思い出し、無意識に尻の穴を引き絞る。あれはかなり恥ずかしかったが、あやしい悦びを与えられたのも事実だ。現に、そのせいで勃起したのだから。

と言うことは、同じことをしたら夕紀恵も感じるのだろうか。

排泄口たるそこに口をつけることに、抵抗はまったくなかった。見た目も愛らしかったし、目にした瞬間、ちょっかいを出したくなったぐらいである。

仮に洗ってなかったとしても、同じことをしたに違いない。むしろ、なまめかしい匂いがしたほうが、やる気がさらに高まったであろう。

昭人は舌をのばし、臀裂の底をチロチロと舐めた。いきなりアヌスを狙わなかったのは、拒絶されそうな気がしたからである。

「はひッ」

夕紀恵が身をよじる。大臀筋が収縮し、ふたつの丘に筋肉の浅い窪(くぼ)みをこしらえた。

「ちょっと、くすぐったいじゃない」

非難する口振りながら、逃げようとはしない。それどころか流し台に摑まって、ヒップをさらに突き出した。

(あれ、もっとしてほしいみたいだぞ)

昭人は、すぐさま秘肛に舌を這わせなかった。彼女の出方を窺っていたのだ。ミゾの底をねちっこくなぞり、舌先を左右に細かく振れさせる。尾てい骨のところから下降し、中心に辿(たど)り着くと見せかけて、寸前で方向を変えたりもした。

「ああん、もう」

夕紀恵は焦れてきたようだ。顔を離し、目でも確認すると、放射状のシワが切なげにヒクついていた。

「ねえ、早く」

せがむ声に、何を求めているのか理解する。なのに昭人はとぼけて、「何ですか?」と訊ねた。

「早く……舐めて」

絞り出すような要請に、ペニスがビクンとしゃくり上げる。あの奥さんが、自分からアナル舐めを求めるなんて。

「どこを舐めるんですか?」

「わ、わかってるくせに」

涙声でなじられて、さすがに可哀想になった。

「ここですか？」

昭人は再び尻割れに顔を埋め、愛らしいツボミをねろりと舐めた。

「あひぃいいいっ！」

夕紀恵が鋭い声を発し、腰をガクガクとはずませる。割れ目が閉じて、昭人の鼻面を強く挟み込んだ。

（え、こんなに感じるのか？）

驚きながらも舌を躍らせれば、「あ、あ、あっ」と嬌声がほとばしった。

「いやぁ、そ、そこぉ」

舌が触れるその部分が、幾度もすぼまるのがわかる。顕著な反応に煽られて、昭人はほじるように舌を突き立てた。

「くううう、そ、それいいッ」

裸エプロン姿でアヌスをねぶられ、熟れ尻を振り立ててよがる人妻。これ以上に淫らなものが、果たして存在するであろうか。

昭人自身も、世界一いやらしいことをしている気分にひたった。粘っこい先汁が筒肉を伝い、陰嚢にまで滴ったほど。

昂りにまみれて舌を律動させていると、意外な言葉が聞こえた。

「ど、どうしてこんなに感じるのぉ」

まるで、今まで知らなかったかのような口振り。昭人は尻ミゾから舌をはずし、唾液に濡れた肛穴を指でこすりながら訊ねた。

「ここ、前に舐められたことないんですか?」

「ううう、は、初めてよ」

「夕紀恵さんが舐めてほしいって言ったのに?」

「だって、昭人さんがおしりのミゾなんか舐めるから……ムズムズしてきて、おしりの穴も舐められたくなったんだもの」

昭人が焦らしたことによって、新たな刺激が欲しくなったらしい。

(てことは、おれが夕紀恵さんのアナル感覚を目覚めさせたんだ!)

つまり、愛しい人妻の、初めての男になれたわけである。

「ねえ、おしりの穴はもういいから……アソコも——」

夕紀恵が次の愛撫をせがむ。見ると、ほころんだ女芯の狭間に透明な蜜が溜まり、今にもこぼれ落ちそうだ。

(うわ、こんなに)

尻穴責めで肉体が歓喜に溺れ、愛液を多量に溢れさせたようだ。昭人はアヌスの指をはずさないまま、舌で蜜を掬い取った。

「くうぅッ」

花びらに軽く触れただけなのに、艶腰がガクンとはずむ。アナル舐めで高まり、かなり敏感になっているようだ。

昭人はラブジュースをすすり、肛門をヌルヌルとこすった。

「うう、う、あっ、気持ちいい」

夕紀恵が悦びに声を震わせる。だが、昭人の舌は、本当に感じるところを捉えてはいなかった。これが初体験という設定を思い出し、何も知らないフリを装ったのである。そのうち、彼女が導いてくれると予想して。

案の定、股間から侵入した指が、フード状の包皮を剝き下げた。

「ね、ここ舐めて。クリちゃん」

ピンク色の小さな真珠をあらわにされ、待ってましたとばかりに吸いつく。

「きゃふぅうぅっ」

甲高い嬌声がシンクに反響した。

できればクンニリングスで絶頂させたいと、昭人は考えていた。このあと再びセックスをしても、こちらは童貞を卒業したばかりということになっている。そうそう派手な腰づかいはできない。

まあ、仮に思い切った抽送ができたとしても、もともと経験が少ないのだ。十歳も年上の人妻を、満足させられる自信はこれっぽっちもなかった。

ところが、

「も、もういいわ」

夕紀恵が息を荒くしながら停止を求める。これには、昭人も従うしかなかった。

「気持ちよかった……昭人さん、舐めるの上手ね」

褒められてドキッとする。もしかしたら、経験があると疑っているのか。昭人は焦りを包み隠し、

「そんなことないです。おれ、夕紀恵さんを感じさせたくて、夢中だったから」

と、健気(けなげ)な青年を装った。

「いい子ね。とってもよかったわよ」

彼女がはにかんだ笑顔を見せてくれて、ようやく安堵する。

「じゃあ、次はオチンチンで、わたしを感じさせてちょうだい」

夕紀恵は流し台を離れ、背後の食卓へと進んだ。天板に上半身をあずけると、脚を

大きく開く。剝き身の尻がぱっくりと割れて、羞恥帯が余すところなく晒された。

「バックから挿れて」

淫らな眺めとストレートなおねだりに、昭人は軽い目眩を覚えた。ついさっき、尻の穴を舐められてよがっていた人妻が、今はケモノのスタイルで貫くよう求めているのである。

アナル舐めとクンニリングスの名残で、尻ミゾから恥芯にかけて、べっとりと濡れている。それも卑猥さを増長し、牡の劣情を煽った。

昭人は彼女の真後ろに進み、反り返る硬棒を前に傾けた。咲き誇った淫華に亀頭をあてがうと、

「すぐに挿れないで、さっきわたしがしたみたいに、オチンチンの先っぽをこすりつけるのよ。女のからだはデリケートなんだから、しっかり馴染ませてね」

と、丁寧なアドバイスを与えられる。こちらを信用していないわけではなく、彼女の優しさゆえだろう。

「わかりました」

昭人も素直に返事をして、穂先を縦ミゾに沿って動かした。すぐに粘っこいジュースがまぶされ、亀頭粘膜を生々しい色合いにする。

「そのぐらいでいいわ。来て」

指示に従い、丸い頭部で狭い入り口を圧し広げる。

「ああ、あっ、来る」

夕紀恵が首を反らす。食卓の端っこを摑んだ手が、細かく震えているのが見えた。

(あ、入りそう)

その瞬間を昭人が察するなり、
ぬるん——。

ふくらみきった亀頭の裾が、入り口の狭いところを乗り越えた。

「あふう」

ひと息ついた人妻が、尻の谷をキュッとすぼめる。それにより、敏感なくびれ部分が締めつけられた。

「うう」

昭人は呻き、さらに進んだ。逆ハート型の臀部と、下腹が密着するまで。

「くぅーン」

夕紀恵が首を反らし、子犬みたいに啼いた。

(ああ、入った)

ペニス全体が、熱い潤みに包み込まれる。瑠璃子としたときもそうだったが、バックスタイルのほうが締めつけは強いようである。

昭人は指示を待ちきれずに、自分から腰を振り出した。

「あ、ああっ、あ、ううう」

夕紀恵がよがり、身を震わせる。裸エプロンの人妻と、ダイニングキッチンで交わるというシチュエーションにも昂り、荒々しく攻め立てずにいられない。

（いやらしすぎる、これ）

見おろせば、ヒップの切れ込みに見え隠れする肉根に、白い濁りが付着している。泡立った愛液なのか。セックスのなまめかしい匂いもたち昇ってきた。

おかげで、腰づかいにますます熱が入る。

「ああ、いい、いいの、もっとぉ」

貪欲に悦楽を求める姿に、名前も知らず、挨拶しかできずにいたときの、清楚な彼女が重なる。あの奥さんを歓ばせているのだと思うと、昭人は男としてひと皮もふた皮も剝けた気がした。

（もっと感じさせたい――）

血管を浮かせた肉根が出入りする真上で、人妻アヌスが収縮する。昭人は人差し指を口に入れて唾液をまといつかせると、可憐なツボミを軽くほじった。

途端に、女体がガクガクと暴れ出す。

「あ、だ、ダメッ、そこダメぇぇぇえっ！」

抽送の快感が、アナル刺激で何倍にもふくれあがったかのよう。狙いが間違っていなかったとわかり、昭人はペニスと指の動きを同調させた。

「そ、それっ、よすぎるぅ」

女芯を貫かれ、肛門も悪戯されて、夕紀恵は悩乱の声を張り上げた。女膣もキュウキュウと締まり、牡に快感のお返しをする。

(うう、気持ちいい)

膝が震えて、立っているのが難しくなる。それでも二カ所を同時に攻撃し続けると、夕紀恵が急角度で上昇した。

「ダメダメ、い——イク、イクイクイク、イッちゃう」

アクメ声をほとばしらせ、最後に「あふっ！」と喘ぎを吐き出して脱力する。膣内が名残を惜しむようにすぼまり、蕩けたヒダがまといつくのがたまらない。絶頂して汗ばんだのか、細かな霧を光らせる柔肌のあちこちを、ピクッ、ピクッと痙攣させた。

(イッたんだ……)

蜜穴の中で分身を雄々しく脈打たせながら、昭人は充実感にひたった。それにしても、ここまでアヌスが感じるなんて。

(今度ダーリンとするときに、おしりの穴をいじってってお願いするかも)

そこまで淫らになったら本望だと思いつつ、強ばりをゆるゆると出し挿れしていると、夕紀恵が顔を後ろに向けた。

「……イッちゃった」

赤くなった頬と潤んだ瞳が、これまでになく色っぽい。妖艶ですらあった。

「昭人さんは、まだなのね？」

「はい……どうにか我慢しました。夕紀恵さんが、すごくいやらしい声を出すから」

「おしりの穴なんかいじめるからでしょ」

彼女は軽く睨んでから、豊満な臀部を揺らした。

「まだ我慢できそう？」

「……たぶん」

「だったら、もう一回イカせて」

愛らしくも淫らなおねだりに、男としての自信が漲る。

「わかりました」

昭人はうなずき、抽送のストロークを大きくした。

「あ、ああっ、それいい……ね、おしりも感じさせてぇ」

リクエストに応えて秘肛も刺激すると、今にも指を咥え込みそうに気ぜわしくすぼまる。挿入したら、もっと感じるかもしれない。

(そのうち、アナルセックスも求めるようになるのかも)

目覚めさせたお礼に、おしりの処女を与えてくれないだろうか。などと、期待が大きくふくらむ。

「くうう、気持ちいい。もっと突いてぇ」

いっそう乱れる人妻を見おろしながら、昭人はリズミカルに腰を振った。

2

翌朝も午前九時過ぎに、香澄がやって来た。

「本日のお宅も二号棟で、二〇一号室です」

鍵を渡され、昭人は「わかりました」と返事をした。と、彼女が部屋の中に視線を走らせていることに気がつく。

（やっぱりチェックしてるみたいだぞ）

単なる個人的な興味とは思えない。やはり家政夫としての力量を見極めようとしているのではないか。

もちろん、見られて困るようなことにはなっていない。

今日は早く起きて、すでに寝具も畳んである。引っ越し荷物の段ボールは、衣類が入ったものをひとつだけ開けて、そのままチェスト代わりに使っていた。アウターはハンガーで壁に吊してある。

「ちゃんと片付いてますね」

香澄が感心した面持ちでうなずく。やはりそうなのだ。

「そりゃ、お客様の部屋を綺麗にするのに、自分のところが汚れていたら信用されませんから」

「いい心掛けです」

「何なら、篠原さんのお部屋も掃除しましょうか？」

そんなことが言えるようになったのは、ここに来てふたりの女性と肉体関係を持ったおかげだろうか。あれで自信がついて、香澄とも物怖じすることなく接することができるようになった気がする。

ともあれ、昭人としては軽口のつもりだったのだが、

「ま、間に合ってます」

彼女がなぜだかうろたえ、動揺を見せたものだから面喰らう。まさか、本当に部屋に押しかけられると思ったのか。

「あ、そうですか。わかりました」

昭人はすぐに申し出を引っ込めたものの、香澄は「それでは」と、そそくさと立ち去った。黒いパンツがはち切れそうなヒップを、内心の焦りそのままのように揺らしながら。

おかげで、彼女の態度がおかしかったことなど、どうでもよくなる。

(篠原さん、裸エプロンが似合いそうだよな)

人妻の夕紀恵もよかったが、それ以上に臀部のボリュームがありそうな香澄のほうが、丸みが強調されてエロチックではないか。バックスタイルで勢いよく突きまくったら、パンパンと心地よい音がしそうだ。

(篠原さんも、おしりの穴が感じるのかな?)

さすがにそれはないかと思いながらも、真面目そうなぶん、乱れるところを見たくなった。

とは言え、ヘタにちょっかいを出そうものなら、仕事を失うことになりかねない。誠実な人間だと認められ、本採用になれるよう頑張らねば。

「さて、行くか」

昭人は道具のバッグを担ぎ、仕事先へ向かった。

三軒目のそこは、これまでで一番、仕事のし甲斐がありそうだった。

「うわ、ひどいな」

思わず声に出てしまったほど。

玄関に履き物が乱雑に散らばっていたところから始まり、ダイニングキッチンには捨てられていないゴミ袋がいくつもあった。流し台も、洗っていない食器や鍋が置きっぱなしである。

脱衣所の洗濯機には、洗濯物がギュウギュウだった。おまけに、床にも放置されている。浴室もカビが目立ち、バスマットも長らく洗っていない様子だ。

奥に行けば、あちこちにものが出しっぱなしで、埃も溜まっている。髪の毛もかなり落ちていた。

（女性の部屋なんだよな……）

衣類や置いてあるものから、そうだとわかる。それに、コロンか香水か、甘い香りに混じってミルクっぽいかぐわしさもあったのだ。匂いだけなら好ましいが、室内の有り様を目にしたら、百年の恋も冷めてしまう。

唯一感心した点は、大きなベッドが置かれた六畳の寝室に、洗った下着が干されていたことである。

おそらくシャワーを浴びたときにでも洗っているのだろう。手洗いして絞っただけと思しきシワだらけのパンティが、カーテンレールに引っ掛けたピンチハンガーに何枚も吊されていた。

（まあ、ちゃんと洗っているだけマシだな）

洗濯機に入れてないのは、下着は手洗いをするようにと、親に躾けられたからではあるまいか。その点は女性らしいと言えるものの、あとは不合格である。ベッドの上にはパジャマが脱ぎっぱなしだし、別のものがフローリングの床にも落ちていた。

（瑠璃子さんのとこは、忙しくて掃除や片付けをする時間が取れなかったみたいだけど、ここの住人は単にがさつなだけだな）

先輩芸人にもこのタイプがいて、昭人は何度か部屋の掃除を頼まれた。まあ、食べかけのコンビニ弁当が放置してあった彼のところと比べたら、この部屋はずっとマシであるが。

それでも時間がかかりそうだし、早めに訪れてよかった。まずはゴミと洗濯物を集めるところから、昭人は作業を開始した。

これまで仕事をした部屋の住人、瑠璃子と夕紀恵は愛人だった。そのため、今回もそうではないかと、昭人は密かに予想していたのである。

（いや、ここは絶対に違うな）

掃除をしながら確信する。こんな片付いていない部屋に、パパを呼べるはずがない。加えて、瑠璃子たちのところにはあった男の痕跡が、まったくなかったのだ。

前の二軒は本人たちではなく、愛人業者が家政婦を依頼したようだ。そのため、きちんとしていた夕紀恵のところにも、昭人は訪問することになったのである。

実際、三回も昇りつめた人妻が帰宅してから掃除をしたのであるが、かなり細かいところまで手をかけたのに、二時間とかからずに終わった。

今回の部屋は、住人がいよいよ片付けなければまずいと思い、やむなく家政婦をお願いしたのではないか。あるいは、ここを訪問した親や身内があきれ返り、放っておけないと頼んだ可能性もある。

（この様子だと、今回綺麗にしても、一、二週間もすれば元通りかも）

そのぶん、しっかり綺麗にすれば仕事ぶりを認められて、次も指名してくれるかもしれない。そういうシステムがあるのかどうかは、香澄に聞いていないけれど。

とにかく頑張ろうと、額に汗して働く。お昼になり、コンビニで買ってきたサンドイッチで腹を満たしてから、なかなか終わらない作業を続けた。クローゼットの中が散らかっていたり、四畳半の畳に染みがあったりと、やるべきことが後から後から出てきたのだ。

かくして、どうにか部屋のすべてが綺麗になったのは、夕方であった。

(頑張ったな、おれ)

すっかり見違えた室内を見渡し、自らを褒める。買い置きの芳香剤があったのでそれを出した。爽やかな香りが空間に漂ってきた。

今日も天気がよかったから、午前のうちに干した洗濯物も乾いている。それらを取り込み、丁寧に畳んでいると、玄関のドアが開く音がした。

「わわわわ、何これ、きれー」

やけに脳天気な声が聞こえたのに続き、足音がこちらにやって来る。現れたのはパーカーを着た、小柄で童顔の愛らしい女の子だった。

(え、若いな)

ひょっとして十代なのかと戸惑ったものだから、挨拶をするタイミングを逸してしまった。

「部屋の掃除、お兄さんがしてくれたの？」

彼女が屈託のない笑顔で訊ねる。

「あ——ええ、はい」

「ひょっとしてボランティア？」

この切り返しに、昭夫はガクッと前のめりになった。

「いえ、おれは家政夫ですけど」

「かせい……ああ、そうか」

ようやく思い出したふうにうなずく。そうすると自分で雇ったわけではなく、家族が申し込んだのか。

「おれは、田中昭人といいます」

名乗ると、彼女も名前を教えてくれた。

「あたしは斎藤梨花（さいとうりか）。よろしくね」

実は、言われる前から知っていたのである。部屋の中には未開封のダイレクトメールがいくつかあり、宛名がその名前だったのだ。

「あ、お洗濯もしてくれたんだね」

昭人の前にある畳んだ衣類に気がついて、梨花が口許をほころばせる。

「はい。これも仕事ですから」

「え、ちょっと、それ」

彼女が前にしゃがみ込み、心臓がバクンと大きな音を立てる。ミニスカートを穿いていたものだから、股間に喰い込む白いパンティがまともに見えたのだ。

しかし、そんなことにはまったく気がついていないようで、梨花が畳んであるひとつを手に取る。カーテンレールに干してあったパンティだ。

「これ、あたしが洗ったパンツ？　でも、なんかフワフワになってる」

手ざわりがいつもと違うのに気がついたようだ。昭人は動揺を悟られぬよう、何食わぬ顔で訊ねた。

「たぶん、いつも石鹸で洗ってるんですよね？」

「うん。ママにそうしろって言われたから」

やはり親に躾けられてきたらしい。

「すすぎが足りなくて、石鹸がだいぶ残っていたんです。ゴワゴワしていたので、洗い直しました」

見た目もシワが多かったから、きっとそうに違いないと思ったのである。もう一度手洗いし、ちょっとだけ柔軟剤も使った。

「へえー、ありがと。さすがプロだね」

ニコニコと笑いかけられ、照れくさくなる。だが、パンチラが気になるし、内部の縦ジワを浮かすクロッチが黄ばんでいたものだから、それも洗うから脱いでと言いたくなった。

いや、正確には染みを嗅ぎたかったのである。干してあったものは、石鹸の香りしか残っていなかったから。

もっとも、見た目の幼さからして、オシッコくさいかもしれない。男に散らかった部屋を見られたのに、恥ずかしがる素振りがまったくないから、見た目も中身もまだコドモなのであろう。

（きっと処女だな）

おれは体験してるんだぞと、優越感を覚える。そのくせ、けっこうムチムチした太腿と、白いパンティに視線が向いてしまう。

昭人が衣類を片付けるあいだに、梨花は他のところもチェックしたようだ。戻ってきて、表情を輝かせた。

「どこもかしこも、すっごく綺麗になってた。引っ越してきたときと同じぐらいに。あと、ゴミも捨ててくれたんだね」

「今日がちょうど収集日だったので、燃えるゴミは出しておきました。その他のものはベランダに置いてありますから、忘れないように収集に出してください」

「んー、自信ないなあ。お兄さんがやってくれない?」

おねだりの眼差しで頼まれ、断れなくなる。もともと瑠璃子や夕紀恵のような大人の女性がタイプだったが、ロリっぽい女の子もなかなかチャーミングだと思った。

(なんだ、結局、女なら誰でもいいのかよ)

自らの節操のなさにあきれる。まあ、男なら可愛い女の子に弱いのは当然だ。

「じゃあ、そのときにまた伺いますよ」

「わー、よかった。うれしい。ありがと」

無邪気に喜んでもらえて、昭人も胸がはずんだ。こんな子の部屋に来られるのなら、何をお願いされても大歓迎である。

「あ、そうだ。お兄さん、これからまだ仕事あるの?」

「いや、今日はこれで終わりですけど」

「じゃあ、部屋を綺麗にしてくれたお礼に付き合ってあげる。ね、デートしよ」

「で、デート？」

「準備するから待ってて」

梨花がクローゼットに向かい、着ていたパーカーを「んしょっ」と頭から抜く。華奢（きゃしゃ）な上半身と、ハーフトップの下着があらわになり、昭人は慌てて背中を向けた。

（いや、おれがいるんだけど）

やはり大人になりきれていないから、男がいても平気で脱げるのか。ともあれ、完全に彼女のペースだった。

（だいたいデートって、こんな時間からどこに行くんだよ？）

昭人は眉をひそめつつも、ときめきが止まらなかった。

3

梨花が誘った先は、団地から歩いて行ける距離にある、チェーン店の居酒屋であった。

「え、お酒を飲んでもいい年なの？」

驚いて訊ねたことで、彼女は幼く見られていたとわかったらしい。

「当然。あたし、ハタチだもの」

胸を張って答える。実際、注文を取りに来た店員が身分証の提示を求めたとき、童顔の娘は大威張りで運転免許証を見せたのだ。

(なんだ、二十歳なのかよ)

見た目はともかく、それなら立派な大人である。ただ、すぐさま身分証を出したところをみると、こういうことがしょっちゅうあるのだろう。

だいたい、着ているものも子供っぽい。帰って着替えたのであるが、パーカーを脱いで、また別のパーカーを選んだのだ。しかもピンク色だから、外見の幼さを際立たせる。太腿が半分もあらわなミニスカートも、セクシーではなくキュートだ。

とは言え、そんな子のパンチラに目を奪われたのは事実。ロリコンかよと、昭人は罪悪感を覚えた。

ふたりは生ビールで乾杯した。

「あー、美味しい」

ジョッキを傾けて喉を鳴らし、三分の一近くも飲んでから、梨花が破顔一笑する。初対面の男を飲みに誘ったぐらいだし、かなりいけるクチのようだ。

「斎藤さんは――」

質問しかけると、

「梨花でいいよ」

彼女が呼び方の変更を要求する。さらに、

「あたし、かしこまったのは嫌いだし、タメ口なのは許してね」

そう言って白い歯をこぼした。ならば、こちらも合わせればいい。

「梨花ちゃんは働いてるの？」

「うん。コンビニでバイト」

お通しのポテトサラダを食べながら、梨花が答える。

「じゃあ、今日もそうだったの？」

「そだよ。週三で入ってるの」

思ったよりも少なくて、昭人は驚いた。それで生活できるであろうか。

(時給千円として、一日八時間で八千円。週に二万四千円だから——)

一カ月の収入は十万円といったところか。家賃や光熱費を引いたら、ほとんど残らないのではないか。

(てことは、家政婦を頼んだのは、この子本人じゃないな)

やはり家族が見かねてというところだろう。

もしかしたら、未だに仕送りをしてもらっているのかもしれない。部屋には衣類や日用品などが、充分すぎるほど揃っていたのだ。

「お兄さんは、いつから家政夫をしてるの？」

今度は彼女が質問する。

「実は、まだ始めたばかりなんだ。梨花ちゃんのところが三軒目だよ」

「え、ホントに？　それにしては、お掃除も洗濯も上手だったけど」

「昔からやってたんだ」

少年時代からのことを説明すると、梨花は感心した面持ちを見せた。

「へえー、すごい。あたしは何もしてこなかったなあ。パンツは自分で洗ったけど」

あの部屋を見れば、家事の経験がないのは一目瞭然である。親もよく独り暮らしを許したものだ。

「下着を洗うときは、石鹸の泡をしっかりすすいだほうがいいね」

「うん、わかった。そうする」

彼女は素直にうなずいたあと、いいことを思いついたという顔をした。

「ねえ、今度、パンツの洗い方を教えてね」

これには、飲みかけていたビールを、危うく噴き出すところであった。

（いや、なんてことを頼むんだよ）

それはつまり、汚れたパンティを見られてもかまわないということなのか。二十歳でも、中身はやはりお子様だ。

昭人はさらに問われるまま、お笑い芸人であることも打ち明けた。解散したコンビ名も教えたが、当然ながら梨花は知らなかった。

「でも、すごいね。家政夫をする前は、お笑いで生活してたんでしょ？」

「まさか。そっちの収入なんて微々たるものだよ。アルバイトをして、どうにか生活できてたんだ」

「へえー。じゃあ、あたしといっしょだ？」

「え、いっしょ？」

どういうことかと訊ねようとしたとき、注文した料理が運ばれてきた。すべて梨花が選んだものである。

（これは割り勘になるのかな？）

昭人は不安になった。

ここに誘ったのは梨花だし、注文のときもイニシアチブを取っていた。そのため、彼女のほうが年下ではあるが、ご馳走してくれるのかと思ったのである。

ところが、さっきの話では、アルバイトの収入は決して多くない。誰かに奢れる立場ではないとわかった。

一方、昭人のほうも、財布の中身はたかが知れている。何しろこっちに越してきたばかりで、家政夫の給料ももらっていないのだ。

にもかかわらず、梨花がまたメニューを広げて、料理を物色しだす。「だし巻き卵も食べたいなあ」などと、呑気なことを言いながら。

「そんなに頼まなくてもいいんじゃない？」

やんわりたしなめると、彼女はきょとんとした顔を見せた。

「え、どうして？」

「いや……頼んだのが来たばかりだし、残したらもったいないからさ」

「ああ、気にしなくてもいいよ。それに、ここはあたしがご馳走するから」

「え？」

やけに羽振りのいいことを言われ、昭人は戸惑った。そんなに余裕があるということは、やはり仕送りをしてもらっているのか。

すると、また梨花が意味不明なことを口にする。

「あたしもお兄さんといっしょでバイトをしてるから、お金はちゃんとあるの」

「バイトって、コンビニの？」

「じゃなくって、バイトのバイト」

　要は掛け持ちで働いているということか。

（まさか、この子も愛人？）

　いや、それはないかと思いつつも、気になって仕方がない。そもそも彼女の部屋を訪れる前から、次の住人も愛人をしているのではないかと推測したのだ。

　とは言え、ストレートに訊くのもためらわれる。

「あの……家政婦をお願いしたのって、梨花ちゃんじゃないよね？」

「そだよ」

「ひょっとして、お父さんとかお母さんが？」

「ううん。たぶんだけど、あの部屋を借りてるひと」

　つまり、あそこの家賃を払っているのは梨花ではないのだ。これではっきりした。

「ひょっとして、梨花ちゃんって……愛人をしてるの？」

　声をひそめて確認すると、彼女は悪びれることなく「うん」とうなずいた。

（マジでそうなのかよ!?）

　きっと処女だとたかをくくっていたら、とんだ食わせ者であった。

「ていうか、あたしが愛人だって知ってて、掃除とかしてたんじゃないの？」

「いや、他にも愛人をしてるってひとが団地にいたから、ひょっとしてと思って」

「あ、そうなんだってね。あたしは他の愛人さんに、会ったことはないけど」

のほほんとした受け答えに、昭人はそら恐ろしいものを感じた。何しろ、家政夫として訪れたところすべてが、愛人の部屋だったのだから。

(ひょっとして、あの団地の部屋って、みんな愛人が住んでいるのか？)

いや、さすがにそんなことはあるまい。外に出たとき敷地内で、普通の勤め人や子供の姿を見かけたこともあるのだから。

ただ、この調子だと、三人だけで済まないのは間違いなさそうだ。瑠璃子も、何人か何十人かわからないけど、団地内にいるはずだと言っていた。

その話を聞かされたとき、世界規模の愛人ネットワークがあるのではないかと、昭人は荒唐無稽(こうとうむけい)なことを考えた。だが、本当にけっこうな規模で、愛人事業なるものが発展しているようだ。

(誰がそんなことを始めたんだろう……)

愛人を求めるどこぞのオヤジが、趣味と実益を兼ねて事業にしてしまったのか。そのとき、

「えっと、だし巻き卵と海藻サラダね」

梨花が追加注文を店員に告げる。それから昭人のほうを向いて、

「さ、じゃんじゃん食べてね」

と、笑顔で勧めた。

「ああ、うん」

戸惑いを隠せないまま、料理に箸をつける昭人であったが、

「ところで、梨花ちゃんのパパって何歳なの？」

何気に質問したところ、予想もしなかった答えが返ってきた。

「えっと、四十七歳と、五十歳ちょうどかな」

「え、ふたり⁉」

思わず素っ頓狂（すっとんきょう）な声をあげてしまったものだから、周囲の客がこちらに目を向ける。しかし、梨花はまったくおかまいなしであった。

「そだよ。けっこう大変なんだ。コンビニのバイトがいちおうメインだから」

彼女にとって愛人は、あくまでも副業らしい。実際のところ、どっちの収入がいいのか気になるところだ。

（まあ、パパがふたりもいたら、コンビニは週三が限度だろうな）

パパたちがどのぐらいの頻度で通ってくるのかはわからない。けれど、若いからだに溺れ、セックスもねちっこい男だったら、翌日まで影響が残る可能性もある。

（ていうか、こんなに若くて可愛い子が、いい年をしたオヤジたちに抱かれてるなんて……）

義憤に駆られたものの、職業選択の自由は認められている。昭人が文句を言う筋合いはない。

どうしても許せないのなら、パパふたり分と同額のお手当を彼女に払い、自分が囲ってあげればいいのである。そんなことは逆立ちしたって無理だ。

「だけど、そんなに年が離れていると、ほとんど梨花ちゃんのお父さんみたいなものじゃない？」

やっかみ半分でそう言うと、

「ウチのパパは——あ、本当のお父さんね、もっと年上だけど」

愛人娘は皮肉とは受け止めずに答えた。

「ていうか、あたしは四十歳以上の男のひととしか、エッチしたことがないもの」

「え、本当に？」

「うん。初体験は高校の先生だったし」

梨花の話では、三年生のときの担任がクソ真面目で、異性と付き合った経験のない四十路童貞だったという。そのため、生徒たちから陰で馬鹿にされていたものの、彼女は真面目さに惹かれ、十八歳の誕生日に処女を捧げたそうだ。

「先生は、生徒とそういう関係になるのはまずいって言ってたけど、十八歳になれば問題ないじゃない。だから、強引に奪っちゃった」

いくら十八歳でも、担任とセックスするのはいかがなものか。思ったものの、金銭のやりとりもなく、両者合意の上だったのだ。それに、とっくに時効であろう。

梨花のほうは、もともと処女膜が柔軟だったのか、初めてでも痛みはなかったという。それでも、初体験で四十路男に跨がって、自ら腰を振ったというのだから、天性の愛人気質なのかもしれない。

「先生とは一回こっきりだったんだけど、そのあとこっちに出てきて、最初にバイトしたお店が今とは違うコンビニだったの。そこの店長さん、奥さんの尻に敷かれてて、いつも文句ばっかり言われてたんだ。本社のひとからも商品の仕入れで面倒なことばかり押しつけられて、すごく気の毒だったから、話を聞いて慰めてあげるうちに、なんとなくエッチしちゃったの」

その店長も四十代の半ばだったというから、彼女は情けないオジサンに惹かれるたちのようだ。母性本能とは異なるのだろうが、それに似た感情を抱くのではないか。

「でも、さすがに店長とエッチして、そのままバイトを続けるのも気まずいじゃない。それで、他のところを探してるときに愛人のお仕事を知って、たぶんあたしはオジサンが好みなんだなって自分でも思ったから、やってみることにしたの」

告白を聞き終えて、世の中には色々な人間がいるんだなと昭人は思った。

年配の男にのみからだを与えてきた梨花を、非難する気にはなれない。正しい正しくないは別にして、彼女はオジサンたちにとって天使にも等しいと言える。こんなに無邪気で愛らしいし、売れないお笑い芸人の自分なんかよりも、余っ程世の中に潤いを与えているではないか。

「ところで、あの掃除をしてない部屋に、パパたちを迎えても平気なの?」

「え、どうして?」

「パパたちは掃除をしろって叱らないの?」

「全然。若い子の部屋はこんなものだから、むしろ落ち着くって言ってたよ。ひとりのパパは、ウチの娘も掃除をしないんだよって、ちょっとうれしそうにしてたし」

愛人と自分の娘を同一視するのは、倫理的にまずい気がするが。

(そうか。男のものが何もなかったのは、ふたりのパパたちにもうひとりの存在を気

づかせないよう、私物を置かせないからなんだな）

あるいは、あまりに部屋が汚れているため、パパたちが物を置くのを遠慮しているのか。どちらにせよ、ふたりを相手にしていたら、けっこう苦労がありそうだ。

「パパ同士が鉢合わせることってないの？」

「ああ、それはだいじょうぶ。ちゃんとスケジュールを組んで、バッティングしないようにしているから。いきなり来るとかして、約束を破ったら契約破棄だって言ってあるし」

それなら、こんな愛らしい娘と別れたくないと、パパたちも約束を守るのではないか。

「あと、あたし以外にも、パパがふたりいる愛人さんがいるみたいよ。さすがに三人はいないかな。いや、わかんないけど」

他に仕事をしていないで、愛人のみで生活しているのなら、三人でもこなせるのか。週に一回で充分というパパもいるだろうから。

ただ、それだと不特定を相手にすることになって、法律的にまずいかもしれない。

「あー、でも、楽しいな」

梨花が不意にニコニコしだしたものだから、昭人はドキッとした。いいペースで飲

んでいたし、もう酔ったのかと思えば、

「あたし、こういうデートって、一回してみたかったの」

唐突な発言に面喰らう。

(え、デート？)

そう言えば、外へ出る前に、デートしようと誘われたのだ。ふたりで出かけるのをそう呼んだだけかと思えば、実際に言葉どおりの意味だったらしい。

「パパたちと出かけたりしないの？」

「たまにするけど、あれはデートと言えないもん」

「どうして？」

「だって、親子にしか見られないんだよ。あたしは普通に、外でもパパって呼んでるんだけど」

年齢差を考えれば、父と娘に見られるのも無理はない。まして、梨花がパパなんて呼んでいれば。

というより、愛人関係だとバレたら、そっちのほうがまずいのではないか。

「だから、年の近い男の子と、こんなふうにお出かけするのに憧れてたの」

出先が近所の居酒屋でも、べつにかまわないらしい。

パパたちとは倍以上も年が離れているし、話が合わないことも多いだろう。梨花みたいに屈託のない子でも、いちおう気を遣うのではないか。

（ひょっとしてタメ口なのは、年上相手に緊張している反動なのかも）

世代の近い昭人のほうが、パパたちよりも話がしやすいのは間違いあるまい。

実際、そのあとの梨花は、栓が外れたみたいにあれこれお喋りをした。気が置けないやりとりに飢えていたかのごとくに。アルコールが入るとますます饒舌（じょうぜつ）になり、明るい笑顔をはじけさせた。

女の子と話すのは、それだけで楽しい。まして、可愛い子なら尚のこと。

昭人も頬を緩めっぱなしだった。彼女の話に相槌を打ったり、芸人仲間のエピソードを披露したりと、愉快な時間を過ごした。

4

団地に帰る道すがら、梨花は少しフラついていた。飲み過ぎたらしい。

「だいじょうぶ？」

声をかけると、「らーいじょうぶ」と舌足らずに答える。さすがに心配になった。

「腕に摑まっていいよ」

くの字に折った肘を出すと、彼女は驚いた顔を見せた。けれど、すぐに目を細め、

「えへへー」

と、嬉しそうに笑う。その笑顔は愛くるしい。

「ありがと。優しいね」

差し出された肘に、梨花が腕を絡める。さらに密着してきたものだから、昭人はどぎまぎした。

ミルクみたいな甘いかぐわしさが、鼻腔に流れ込む。中高生の頃、女子生徒とすれ違ったときに同じ匂いを嗅いだことを思い出した。

二十歳になっても少女のように乳くさいのは、肉体が未発達だからか。現に、二の腕に彼女の胸が当たっているのだが、本来あるべきおっぱいの柔らかさが、あまり感じられなかった。

(そういえば、そんなに大きくなかったたな)

出かける前、いきなりパーカーを脱いだときのことを思い出す。梨花が上半身に着けていた下着は、丈の短いタンクトップ型のものだった。ブラジャーが必要なほど、乳房は成長していないのだろう。

それでも、女の子に密着されれば悪い気はしない。恋人同士みたいに寄り添って歩くふたり。このままずっとこうしていたかったものの、団地まで近いのだ。

（ああ、くそ。もう着いたのか）

胸の内で不平を垂れる。だが、こればかりはしょうがない。

二号棟に入り、いちおう部屋まで送ろうと階段を上がりかけたところで、

「あ、ここがお兄さんの部屋なのね」

元管理人室のドアを見つけ、梨花が嬉しそうに言う。明るい声が、階段の上のほうまでわんと反響した。

「ああ、うん。そうだけど」

居酒屋で、住み込みで働いていることを話したのだ。

「ちょっと寄ってもいい？」

興味津々というふうに、目をクリクリさせてのお願い。もうちょっと彼女といたい気持ちになっていた昭人は、即座に「いいよ」とうなずいた。

「だけど、何もないよ」

「いいのいいの。あたし、男の子の部屋へ遊びに行くのも夢だったんだ」

だったら愛人なんかしないで、普通に同じ年頃の男と付き合えばいいのに。

（梨花ちゃんならモテるだろうに）

それとも、ずっと年上ばかり相手にしてきたから、若い男は頼りなく感じるのか。

今のこれだって、同世代の女の子たちと同じ体験をしたいだけなのかもしれない。

ドアを開けて部屋の中に招くと、

「わー、せまーい」

と、梨花は率直な感想を口にした。それから鼻を蠢かし、

「あ、オトコの匂いがするね」

なんてことを言われて、昭人はドキッとした。

実は今朝、朝勃ちが普段以上に著しくて、オナニーをしてしまったのだ。夕紀恵との淫らな交わりが、尾を引いていたのかもしれない。

彼女の裸エプロン姿を思い返しながら、昭人はモーニングザーメンをほとばしらせた。もしかしたら、その残り香を嗅がれたのかと焦ったのだ。

しかし、それ以上は匂いに触れず、梨花は畳にちょこんと正座した。室内を見回し、

「本当に何もないね」

と、また遠慮のないことを言う。

「まあ、帰って寝るだけの部屋だから」

「ふうん、そっか」

昭人も彼女の隣に坐った。すると、愛らしい娘がじっと見つめてくる。

「え、なに？」

気圧（けお）されてのけ反ると、梨花がさらににじり寄ってきた。

「ね、チュウしよ」

「え？」

瞼を閉じた彼女が、「んー」と唇を突き出す。無邪気な可愛らしさに、昭人は頭が沸騰するかと思った。

（こんなふうに迫られたら、オジサンたちはたまらないだろうな）

天使というより、いっそ小悪魔か。どちらにせよ、胸揺さぶられるほどにチャーミングなことに変わりはない。

そのため、昭人はためらいを感じる余裕などなかった。ピンク色のツヤツヤした唇に、自分のものを重ねる。

（ああ……）

胸に感動が満ちる。ぷにっとした感触が、殊（こと）の外（ほか）気持ちいい。

こぼれる吐息も甘ったるい。さっきまでお酒を飲み、料理も食べたのに、その痕跡は感じられない。彼女本来のかぐわしさに違いなかった。

腕を梨花の背中に回し、優しく抱く。華奢なボディは、乱暴にしたら壊れそうだったのだ。

すると、それを待ち構えていたみたいに、舌が入ってきた。息と同じぐらい甘く、清涼な唾液をつれて。

昭人も舌を戯れさせ、チロチロとくすぐりあった。子犬が甘えるみたいに、彼女がしがみついてくるのに愛しさを募らせながら。

「はふ」

唇をはずし、梨花がひと息つく。トロンとした目の下が、ほんのり赤らんでいた。

「……こんなに気持ちいいキス、初めてかも」

感激した声音に、昭人は「本当に？」と訊いた。

「うん。ほら――」

手を取られ、胸へと導かれる。ふくらみがあまりないから、心臓の鼓動が強く伝わってきた。

「ね、ドキドキしてるでしょ？」

「うん……」

「あ、おっぱいが小さいのは気にしないでね」

そんなことを言ったのは、貧乳がコンプレックスだからなのか。

「ねえ、あたし、横になりたい。あれを敷いて」

梨花が部屋の隅の三つ折りマットを指差す。

「わかった」

昭人はすぐに準備したものの、その途中で落ち着かなくなった。

（横になるってことは、つまり――）

そういう行為に及ぶということなのだろうか。

いや、酔ったから横になりたいだけかもしれない。先走るなよと自らに言い聞かせ、何食わぬ顔でマットを畳に広げた。

「敷いたよ」

声をかけると、梨花がひょいと飛び乗る。昭人を見あげ、

「いっしょに寝よ」

と、わくわくした面差しを向けてきた。おかげで、彼女以上に胸がドキドキする。

（おれ、ロリコンになっちまったのか？）

昨日は人妻の熟れた魅力に翻弄されたというのに。

だが、梨花は見た目があどけないだけで、本当にいたいけな少女というわけではない。二十歳の大人であり、愛人までしているのだ。

そうとわかりつつも、ふたりでマットに寝転べば、イケナイことをするみたいでゾクゾクする。

「ねえ、キスぅ」

またもおねだりされ、小柄な肢体を抱きしめてくちづける。さっき以上に舌を深く絡め、貪欲に吸った。

「ンふふぅ」

梨花も小鼻をふくらませ、もっとしてとねだるみたいに身をくねらせる。ここまでになれば、さらに行為を進めてもいいはずだ。

キスを続けながら、昭人はミニスカートの中に手を入れた。シルクみたいにスベスベの太腿を撫で、綿らしき肌ざわりのパンティに包まれたヒップにも触れる。小ぶりでも、ぷにぷにした弾力が指に心地よい。

すると、彼女もふたりのあいだに手を入れた。

「むふっ」

太い鼻息がこぼれる。いつの間にか猛々しく勃起していたイチモツを、ズボン越しに握られたのだ。

(……なんかおれ、こんなことばかりやってるな)

家政夫として働き始めたはずが、訪問するすべてのお宅で、女性と親密な関係になっている。これでは本当に家性夫ではないか。

とは言え、愛らしい娘の魅力にメロメロで、そんなことはどうでもよくなる。

「あん、これ、すごい」

唇をはずした梨花が、泣きそうな顔で牡の高まりを揉みしごく。

「何がすごいの？」

息をはずませながら問いかけても、彼女は答えない。身を起こし、

「脱がすよ」

と、ベルトに手をかけた。

ズボンとブリーフがまとめて奪われる。反り返って下腹にへばりつく肉器官があらわになっても、昭人は誇らしいぐらいだった。

そこに、怯えたふうな眼差しが注がれる。

「やん、おっきい」

震える声にも昂ってしまう。年下の娘に見せつけることに、腰の裏がムズムズする愉悦を覚えたのだ。

(いや、露出狂かよ)

自らにツッコミを入れつつも、分身をいっそう漲らせる。ちんまりした手がそれを握った。

「え、ウソ。すごく硬い」

指に強弱をつけた梨花が、目を丸くする。四十歳以上の男としか関係を持たなかったというし、彼らのペニスはここまで硬くならなかったのだろう。

「これが普通だよ」

優越感にひたって告げると、彼女が無言でうなずく。続いて、手にしたものに顔を寄せたものだから、昭人は焦った。

(あ、まずい)

家政夫として、一日働いたあとなのだ。股間は汗で蒸れ、かなり匂うはず。今さらそのことに思い至ったのである。

咄嗟に腰をよじろうとしたものの、芯棒を握られていては動けない。屹立の近くで、梨花がすんすんと鼻を鳴らしても、どうすることもできなかった。

「あ、ニオイはパパたちと違うね」

感心した面持ちでうなずかれても、何がどう違うのかなんて聞きたくない。ひたすら居たたまれなかった。

「あたしは、こっちのほうが好きかも」

そう言って、彼女が張り詰めた亀頭粘膜をペロリと舐める。鋭い快美が体幹を貫き、昭人は「むはッ」と喘ぎの固まりを吐き出した。

(ああ、そんな……)

罪悪感に苛まれても、口戯が容赦なく続く。あどけない女の子がふくらみきった頭部を口に入れ、飴玉みたいにピチャピチャとしゃぶったのだ。

優越感など消し飛んで、昭人は羞恥に身をよじった。

「ふう」

顔をあげた梨花が、ひと仕事終えたみたいにひと息ついた。

「お兄さんのオチンチン、美味しいね。この味、あたし大好きだよ」

なんて言われても、素直に喜べない。

「嫌じゃなかったの？」

「え、どうして？」

怪訝な顔をされ、ようやく気が安まる。本当に好きで咥えたとわかったのだ。

だったら、こちらもお返しをしなければという心境になる。義務感からではなく、昭人がそうしたかったのだ。

「じゃあ、今度はおれがするよ」

起き上がり、梨花をマットレスに仰向けで寝させる。両膝を立てて開かせると、夕方目にした以上の卑猥なパンチラとなった。

いや、これはチラではなくモロだ。

「やん、エッチ」

二十歳の娘が恥じらう。これからもっとエッチなことをするのにと胸の中で告げ、昭人は純白パンティの中心に顔を寄せた。

黄ばんだクロッチから漂うのは、ミルクを濃くしたチーズ臭。乳くさいのに変わりはないが、いっそうなまめかしくて悩ましい。

脱がせるのが勿体なくて、昭人はいたいけな股間に顔を埋めた。

「キャッ」

梨花が悲鳴をあげる。ずり上がって逃げようとした若腰を、昭人はがっちり摑んで離さなかった。

（ああ、最高だ）

チーズの成分がくっきりした秘臭に、胸が締めつけられる。それほど生々しさはなく、わずかにあるオシッコの匂いも好ましい。

「もう、何してるの？」

非難されても、やめるつもりはなかった。

「梨花ちゃんのいい匂いを嗅いでるんだよ」

答えたものの、口許が綿布と密着していたから、声がくぐもる。それでも、彼女にはちゃんと聞こえたようだ。

「いい匂いって……く、くさくないの？」

牡の蒸れた性器を嗅いでも平気だったのに、自分がされるのは別らしい。答える代わりに、昭人は鼻面を恥芯にめり込ませ、ぐにぐにと圧迫した。

「あ、あっ、ダメぇ」

なじる声も、どこか甘えているよう。気持ちいいんだなと判断し、クリトリスが隠れているあたりを重点的に責める。

「あふ、ふうう、そこぉ」

両脚が落ち着かなく暴れ、柔らかな内腿が昭人の頭を挟み込む。それは牡の劣情を煽り、下着越しの密着では我慢できなくなった。

パンティのゴムに手をかけると、梨花がおしりを浮かせる。彼女もダイレクトな愛撫がほしくなったのだ。

(もしかしたら、生えていないのかも)

秘部を目にする前に、昭人は密かに推測した。見た目が幼いから、アソコもパイパンではないかと思ったのだ。

しかし、いちおう大人の女性である。さすがに無毛ではなかったものの、毛の色は淡かった。セピア色に近く、細くて短いけれど、範囲はけっこう広い。恥丘に大きめの扇形を描いていた。

恥唇ははみ出しのない一本線。陰部には色素の沈着がほとんど見られず、毛を剃ってしまえば幼女のそこと変わらないだろう。

ふわ——。

あらわになった秘苑からたち昇るのは、酸味を含んだ乳酪臭。チーズからヨーグルトに趣が変化したようだ。

「そんなに見ないで」

ベソかき声でなじられると、もっとイジワルをしたくなる。昭人は綺麗な割れ目に口をつけた。

「あひっ」

梨花が鋭い声を発する。若腰がビクンとはずんだ。

閉じた合わせ目をくすぐるように舐めれば、女体が切なげに悶える。そこはほんのりしょっぱかったが、すぐに味がしなくなった。

代わって、粘っこい蜜がジワジワと染み出す。

「くうう、や、らめぇ」

舌足らずな反応に昂り、昭人はいっそうねちっこくねぶった。

彼女の花びらは小さかった。舌を差し入れてほじっても、外に出てこない。一方、クリトリスはすぐに包皮を脱いで、ツヤツヤした姿を現した。

それを舌先ではじくと、梨花が乱れだす。

「イヤイヤ、そ、それ、よすぎるぅ」

ハッハッと息を荒ぶらせ、小ぶりのおしりをくねくねさせる。ラブジュースの湧出量が増し、粘つきと甘みが著しくなった。

昭人は彼女の両脚を持ち上げ、からだを折りたたむようにさせた。女芯が上向きになり、隠れていたアヌスも姿を見せる。

（ああ、可愛い）

桃色の肛穴は、周りに数本の毛が生えていた。それが妙にエロチックで、ちょっかいを出さずにいられない。

舌を這わせることに躊躇はなかった。むしろ人妻の夕紀恵みたいに、淫らな姿を見せてくれるのを期待したのである。

「え、ちょっと——」

梨花がうろたえ、ツボミをキュッと引き絞る。それにもかまわず舐め続ければ、泣きそうな声が訊ねた。

「ね、ねえ、イヤじゃないの？」

などと確認するのは、少なくとも彼女自身は嫌悪を覚えていない証だ。昭人は舌を動かすことで、無言の返答をした。

「あうう、へ、ヘンな感じ」

戸惑い交じりの反応は、快くないわけではなさそうだ。ただ、夕紀恵のように顕著な悦びをあらわにしない。

ヒクヒクと蠢くすぼまりから、昭人は頃合いを見て舌をはずした。

「どうだった？」

訊ねると、頭をもたげた梨花が「んー」と首をひねる。

「よくわかんない」

「気持ちよくなかった？」

「……わかんない」

そう言ったものの、頬がやけに赤いから、恥ずかしくて本当のことが言えなかっただけかもしれない。

「本当にイヤじゃなかったの？」

怖ず怖ずと問われ、昭人は「え、何が？」と訊き返した。

「だって、キタナイところなのに……」

排泄口ゆえ、舐められるのは申し訳なかったのだ。それこそ、洗っていないペニスをしゃぶられた昭人と同じで。

「梨花ちゃんのからだに、汚いところなんてないよ」

それは決して取り繕った発言ではなく、本音であった。すると、彼女が顔をくしゃっと歪める。

「……ね、来て」

両手を差しのべられ、昭人はからだを重ねた。

ふたりとも上半身は服を着たままだから、肌のなめらかさとぬくみを感じられるのは下半身のみ。そのぶん、しっかり密着したかったのか、梨花は両脚を掲げて牡腰に絡みつけた。

さらに首っ玉にしがみつき、唇を求める。

「ん……ンふぅ」

息をはずませるくちづけに、昭人は愛しさを募らせた。彼女が深い繋(つな)がりを求めているとわかり、健気さに胸打たれたのである。

ふたりの舌が絡み、唾液を行き交わせる。その間に、がっちりと根を張った牡根は、手を添えずとも蜜窟の入り口を捉えていた。

「はあ」

くちづけをほどくと、梨花が大きく息をつく。上気した面持ちで年上の男を見つめ、

「挿れて」

と、短くおねだりした。すでに結ばれる準備は整っている。

「わかった」

昭人も簡潔に答え、腰を進めた。肉槍の穂先は目標を逃すことなく、狭い入り口を圧し広げる。

「あ、あ――」

焦りを含んだ声を洩らしつつも、若いからだは逃げることなく牡を受け入れる。間もなく、丸い頭部が潤みにすっぽりと嵌まり込んだ。

「あふぅ」

梨花が息の固まりを吐き出し、総身を震わせる。残り部分もずむずむと押し込み、男女の陰部が重なった。

「入ったよ」

告げると、「うん」とうなずく。迎えたものを確認するみたいに、入り口が何度もすぼまった。

「気持ちいいよ、梨花ちゃんの中」

「うん、あたしも――」

言いかけて、彼女は考え込むように眉根を寄せた。

「気持ちいいけど……なんか、いつもと違う」

戸惑ったふうな反応を、昭人は深刻に取らなかった。二十代の男とセックスするのは初めてなのであり、たとえばペニスの硬さなど、違いがあっても不思議ではないからだ。

しかし、梨花の違和感は、そういうものではなかった。

「やっぱり、ナマのオチンチンのほうが気持ちいいかも」

これに、昭人は「え？」となった。

「ナマのって？」

「あたし、エッチのときはいつも、ゴムを着けてもらってたもの」

「どうして？」

口に出してから、意味のない質問だったと気づく。そんなこと、訊ねるまでもないではないか。

「だって、赤ちゃんができたら困るじゃない」

それはそうだと、昭人は心の中でうなずいた。

「てことは、今日はだいじょうぶな日なんだね」

妊娠の心配がないから、避妊具を求めなかったのかと思えば、

「わかんない」

と、頼りない答えが返された。

「わかんないって、それじゃあ、赤ちゃんができるかもしれないってこと？」

「うん。だから、最後は外に出してね」

「もちろんそうするよ」

昭人とて、女の子に望まない妊娠をさせる趣味などない。油断して中で爆発などしないよう、気を引き締めろよと自らに言い聞かせる。

「じゃあ、動くよ」

「うん」

そろそろと腰を引き、同じスピードで戻る。内部が蕩(とろ)け、馴染んでくると、徐々に速度を上げた。

「あ、あ、あ、んぅ」

梨花が声をはずませる。息づかいも荒くなった。

「やっぱり違う……あん、お、オチンチン、ゴツゴツしてるぅ」

薄いゴムの膜がないだけで、受ける感じが異なるらしい。肉棒の凹凸がはっきりと感じられるようだ。

それは昭人も同じこと。瑠璃子のときにも違いを認識したように、柔ヒダがまといつくのがはっきりとわかった。

(これ、かなり気持ちいいぞ)

おかげで、性感曲線が右肩上がりとなる。

（いや、まだだ）

中で射精したらまずいのもそうだが、梨花を絶頂に導いていないのだ。しっかり感じさせてあげなければと、自らの上昇を抑え込む。

リズミカルに、具合よく蕩けてきた蜜芯を抉ると、中の温度が上がってきた。

「んんっ、ん、あ――」

クンニリングスのときよりも、こぼれる喘ぎ声は控え目だ。若いから、まだ膣感覚に目覚めていないのか。

それでも、彼女を感じさせたい一心で、腰づかいを一定の速度でキープする。激しくしなかったのは、自分が爆発しないためであった。

結果的に、それが功を奏したようだ。

「あ……な、なに」

戸惑いを口にした梨花が、呼吸をせわしなくはずませる。いっそう強く昭人にしがみつき、全身をワナワナと震わせた。

「ダメ、ヘンになっちゃう」

どうやらオルガスムスのとば口を捕まえたらしい。感覚を逃さないように注意深く、昭人は抽送の速度とストロークを維持した。

そうやって集中したおかげで、自身の上昇は抑えられたようだ。

「あ、イキそう。い、イクッ、イッちゃう」

すすり泣き交じりに訴えた直後、若い肢体がぎゅんと反り返る。二、三秒の緊張を示したのち、力尽きたみたい手足を投げ出した。

「はっ、ふはッ、はふ」

深い呼吸を繰り返す彼女の額に、いつの間にか汗の露が光っていた。反応はおとなしかったのだが、しっかりと絶頂感を得たらしい。

昭人も分身をなまめかしく締めつけられ、うっとりした快さにひたった。

「キモチよかった……」

アクメの余韻から脱した梨花が、感慨深げにつぶやく。ふうと深く息をつき、恥ずかしそうに頬を緩めた。

「あたし、エッチでイッたのって初めて」

「え、そうなの？」

「うん。オナニーでならあるけど、それよりもずっとキモチよかった」

「パパたちとしたときは、イカなかったの？」

「だって、けっこうガンガンに責められちゃうんだもの。お兄さんは優しくしてくれたし、アソコもいっぱいナメてくれたから、それでイケたんだと思う」

童貞だったという初体験の教師を別にすれば、年配の男たちは彼女をねちっこく感じさせるのではないかと思っていた。むしろ逆だったなんて。

(若い子を相手に昂奮しすぎて、ハッスルしちゃうのかも)

昭人とて、瑠璃子に夕紀恵と、年上の女性たちを相手にしてきたおかげで、いくらか余裕が持てたのだ。それに、恋人同士のようなラブラブ気分で抱き合えたことで、梨花も安心して身を委ねられたのではないか。

「あ、お兄さんはまだイッてないよね?」

不意に焦りを浮かべた梨花に、昭人は「うん、まだだよ」と告げた。

「よかった……」

「まあ、けっこう危なかったけど」

「え、だったら抜いて」

昭人は、まだしたかったのである。けれど、彼女は一度達しただけで充分というふうだった。

「あたしが出させてあげる」

交代して仰向けになると、梨花が脇にちょこんと坐る。濡れた屹立を握り、慣れている様子でしごいた。

(え、手でするのか?)

さすがに愛液まみれのペニスはしゃぶれないのかと思えば、そうではなかった。

「ね、精子が飛ぶところ見せてね」

「え?」

「あたし、一回見てみたかったの」

好奇心にキラキラと輝く瞳を向けられては、駄目だとは言えない。

「わかった。それじゃあ、下のフクロもさわって」

「え、キンタマも?」

梨花が怪訝な顔を見せる。オジサンたちの愛人を務めていても、性技に長けているわけではなさそうだ。まあ、若さと愛らしさという最強の武器があれば、他に何もいらないだろう。

「もうすぐだよ」

牡の急所がモミモミされ、愉悦が高まる。昭人は身をよじり、息をはずませた。

「うん。いっぱい飛ばして」

「あ、あっ、いく……出る」

快美の痺れが、手足の先まで行き渡る。最高の歓喜に包まれて、牡の樹液が勢いよくほとばしった。

「わ、すごーい。ホントに出たぁ」

はずんだ声が、狭い四畳半に反響した。

第四章　最初で最後の愛人

1

翌日、香澄は部屋に現れず、代わりに電話があった。

『本採用にするかどうか決める最終審査がありますので、本部まで来てください』

いよいよかと緊張した昭人であったが、本部の場所を訊ねたところ、

『三一〇号室です』

団地の同じ棟の部屋番号を告げられ、絶句する。

（いや、この団地にあったのかよ⁉）

もっとも、仕事の訪問先がすべて団地内だったのに加え、住み込み用の部屋まで用意されていたのだ。べつに不思議ではないのかもしれない。

ただ、応募先の家政婦斡旋会社の名前が、いかにも全国展開していそうに立派な名前だったのだ。最初に最寄り駅で香澄と待ち合わせをしたときも、社員がわざわざ現地に案内してくれるのかと思い込んだ。

(ていうか、マンションの部屋で会社を経営ってのは聞いたことがあるけど、団地でも有りなのか?)

改装しても、今どき団地の部屋を借りるひとがいなくて、法人にも貸し出しているのか。そんなふうに考えたものの、部屋へ向かう途中、別の推察が浮かんだ。

(家政婦斡旋会社って、実は愛人事業とイコールなんじゃないか?)

愛人たちの部屋を管理するため、家政婦斡旋会社を装い、募集をかけたのではないか。そもそも行く先々すべてが愛人だなんて、偶然ではあり得ない。

事実、三一〇号室のドアには、会社名など何も書かれていなかった。

間違いないと確信し、ドアをノックする。いよいよ愛人の元締めとご対面だと、緊張を隠せない昭人であった。

ドアを開けてくれたのは、香澄であった。いつもと変わらぬ黒のパンツスーツ姿だ。

「あ、どうも」

昭人はぺこりと頭を下げた。知った顔を見て、少しホッとする。

「奥の部屋です」

「わかりました」

玄関を上がり、廊下を歩き始めてすぐに、昭人は怪訝に思った。

(ここ、中は普通だな……)

愛人たちの元締めがいるところゆえ、どこぞの売春宿みたいに、怪しい雰囲気ではないかと予想したのである。ところが、そんな感じはまったくない。

奥の八畳と六畳の洋間は、ごく一般的な独り暮らしの住まいというふうだった。しかも、明らかに女性の部屋。

おまけに、そこには誰もいなかった。

(え、あれ？)

室内をキョロキョロと見回す昭人に、

「そこに坐ってください」

背後から声をかけられる。香澄だ。勧められたのは、八畳間に置かれたソファーであった。

「あ、はい」

急用で出かけているのかなと首をかしげつつ、とりあえず腰掛ける。そのソファーはクッションがかなり柔らかで、尻が深く沈んだ。

（おっと）

上半身が倒れそうになり、足を踏ん張って堪える。すると、隣に香澄が坐った。たわわなヒップが昭人以上に沈んだか、今度は彼女のほうにからだが傾く。

（わわわ）

間一髪のところでぶつからずに済んだものの、甘ったるい匂いが感じられるほどに距離が近づいた。女性らしいかぐわしさに煽られ、思わず抱きつきそうになったものの、どうにか耐える。

（危ない危ない）

危機を乗り越え、心臓がバクバクと不穏な音を立てる。隣にいる香澄にも聞こえるのではないかと心配になった。何かよからぬことを企（たくら）んでいると、誤解されたくなかったのだ。

「では、これから最終審査をします」

言われて、昭人は「え？」と彼女を見た。眼鏡をかけた生真面目な面差しが、こちらに向けられている。

「審査って、篠原さんがするんですか？」

「ええ、そうです」

「いや、だけど……」

「わたしが、この事業の責任者ですから」

当然でしょうという顔で告げられ、目が点になった。

いや、もしかしたらという思いはあったのだ。だが、やっぱり違うなと思い直したのは、いかにも堅物で実直そうな彼女が、愛人事業の中心にいるとは思えなかったからである。

「この事業ってことは、えと……家政婦の？」

「というより、愛人のほうです」

包み隠すことなく言われ、昭人はかえって狼狽（ろうばい）した。ところが、香澄は悪びれることなく、むしろ眉をひそめて睨んでくる。

《わかってるくせに》

と、なじるみたいに。

「じゃあ、篠原さんが、愛人のひとたちの元締めなんですか？」

「元締めって――まあ、始めたのはわたしですけど」

「家政婦派遣会社の社員っていうのは、嘘なんですね」

「ええ。最初から本当のことを明かしたら、いろいろと面倒ですから」

確かに、愛人たちの部屋を掃除してもらうなんて前提で、家政婦を募集するのは問題がありそうだ。

(いや、黙っていればいいじゃないか)

そもそも昭人が愛人のことを知ったのは、瑠璃子が自ら打ち明けたからだ。そのため、自宅から離れた団地にいた夕紀恵のことも、もしやと疑ったのである。

もしもきっぱりと否定されたら、昭人としてしつこく疑うことはなかった。なのに三人目の梨花も、やけにあっさりと認めたのだ。

そのとき、梨花に言われたことを、不意に思い出した。

『ていうか、あたしが愛人だって知ってて、掃除とかしてたんじゃないの?——』

愛人たちと、家政夫を雇う件で打ち合わせがされていたようだし、香澄も最後まで隠すつもりはなかったのか。最初からすべて話さずとも、いずれは明かす算段だったようだ。

(夕紀恵さんの場合は、本当なら顔を合わせるはずじゃなかったんだよな)

たまたま下着を忘れて取りに戻ったところと遭遇したのだ。おまけに顔見知りだったから、もしや愛人かと怪しまれることになったのである。

あれは想定外の出来事だったのかもと考えたところで、

「実は、各々の室内環境を良好に保つため、家政婦が必要だと前々から考えていたんです。ただ、女性には頼めなくて」

香澄が生真面目な口調で言う。

「え、どうしてですか？」

「女性は、男女間のことに鋭いですから。いずれ彼女たちが愛人をしているとわかるでしょう」

そのぐらいはかまわないのではないかと、昭人は思った。むしろ同性なら、愛人たちの境遇を理解してくれる気がしたのである。

ところが、香澄の考えは違っていた。

「自分の夫なり恋人なりに、他にも親しい女性がいるとわかったらどうでしょう。女性の多くは裏切られた側に感情移入しますから、愛人に対して嫌悪の感情を抱くんです。そうなったら家政婦の仕事を拒むかもしれませんし、仮に続けてくれたとしても、おざなりな仕事しかしないでしょう。それは好ましくありません」

そういうものかなと、昭人は首をかしげた。この団地に来て、三人の女性たちと関係を持ったあとでも、女心を理解するには至っていなかったのだ。

「それじゃあ、男の家政夫が応募するのを待っていたんですか？」

「そうです。なかなか現れなくて、田中さんが最初でした」

「だったら仮採用にしないで、すぐに採用してくれてもよかったじゃないですか」

「そうはいきません。仕事ぶりを見極める必要があります。それに、仮採用ということであれば、認められるために実力を遺憾なく発揮してくれるはずですから」

香澄は何事もきっちり計算し、計画的に進めるタイプのようだ。普通に会社勤めをしていれば、仕事でも大きな成果を出せるのではないか。

その彼女が、どうしてこんなことをしているのかが気になる。

「あの……愛人事業って儲かるんですか？」

つい下世話なことを訊いてしまい、香澄の眉間にシワが刻まれた。

「まさか。赤字とは言いませんけど、黒字分だって微々たるものです。せいぜい家政婦さんをひとり雇えるぐらいですね」

儲けがないというのは、予想どおりだった。大規模な愛人ネットワークがあるかもなんてのは、さすがに荒唐無稽すぎたらしい。

「てことは、篠原さんはこれで生計を立てているわけじゃないんですね」

「ええ、本業があります。それこそ、田中さんがお世話した女性たちと同じで」

お世話したという言い方にトゲがあるように感じられ、昭人は首を縮めた。もしかしたら、彼女たちとのあれこれを知っているのか。

「ええと……篠原さんの本業って何なんですか？」

「ヘッドハンティングです」

「ヘッド――え？」

「要は引き抜きです。優秀な人材を、より能力が活かせる職場に紹介することで、報酬を得ています」

ドラマの題材になりそうな仕事だなと、昭人は思った。自分の住む世界とは別個にある感じで、そもそもそんなことでお金になるのかと訝る。

「それは儲かるんですか？」

またも直球の質問を投げかけると、香澄は表情を変えずに「ええ」と答えた。

「丸の内に事務所がありますし、助手も数名雇っています」

さらに、彼女は年商まで打ち明け、その金額に昭人は絶句した。

「大企業を相手に仕事をしていますから、べつに不思議ではありません。今は人事に関するコンサルティングもしていますので、講師として呼ばれることもあるんです」

本当に儲かっているし、仕事に誇りもあるようだ。だからこそ、昭人の品のない問いかけを物ともしなかったのだろう。

「篠原さんって、まだ若いんですよね？」

彼女は、さすがに年齢を口にしなかったものの、

「田中さんのひとつ上です」

と答えた。それで二十七歳なのだとわかった。

「そんなに若いのに、大企業から頼られるまでになったんですか？」

そう年が違わないのに、未だ売れずにくすぶっている自分とは大違いだ。昭人は劣等感に苛まれた。

「わたしには、もともとひとの才能を見抜く力があったんです。中学高校と生徒会の役員をして、委員の選出や仕事の割り振りは、常に完璧でしたから。当時のことは今でも語り草になっていると、卒業後に恩師に言われたこともあります」

具体的にどれだけの成果があったのか聞かされずとも、きっとすごかったんだろうなと納得する。話し振りに説得力があったのだ。

（こういう口のうまさも、ヘッドハンティングには必要なのかも）

その頃からヘッドハンティングの仕事に興味が湧いて、専門書を読んで勉強したと、香澄は語った。

「具体的な仕事のやり方は、大学を出て一年間、高名なヘッドハンターの元で助手を務めて学びました。そのあと独立したんです」

「じゃあ、ほんの四年ぐらいで、今の地位にまでなったたってことなんですか？」

「わたしのやっている仕事は、実績がすべてです。最初にうまくいけば次の依頼が来ますから、あとはその積み重ねです。そして、優秀なヘッドハンターだと知れ渡るようになれば、引き抜かれたい側の情報も自然と入ってくるようになるんです」

それこそドラマの世界だと、昭人は舌を巻いた。

香澄の場合、見た目の実直さも、信頼される要素になっているのではないか。加えて、才能を見抜く力があるのは間違いないと、改めて納得する。

「てことは、あの愛人の方たちも、篠原さんが引き抜いたんですか？」

「まさか。希望者を募って、相応しいひとを選んだだけです」

それでも、選ぶ目が確かなのは間違いない。何しろ、三人とも年齢も境遇も異なっているのに、みんな魅力的だったのだ。

「じゃあ、どうして愛人事業なんて始めたんですか？　本業で充分儲かっているのに、お金にもならない、余計な手間のかかることをする必要はないと思うんですけど」

香澄が顔をしかめる。言い過ぎたのかと、昭人は口をつぐんだ。

「……それは、わたしも愛人だからです」

「ええっ⁉」

元締めとしてバックにいるだけだと思ったのに、まさか彼女自身も愛人だったとは。

「わたしが師事したヘッドハンターが、わたしのパパだったんです」

「それって、助手になったのがきっかけで、そういう関係になったんですか？」

「いいえ。大学三年のときからです」

あるいは苦学生で、お金に困って愛人になったのか。昭人は密かに予想したものの、まったく違っていた。

「わたし、大学生になってすぐに、彼氏ができたんです。同じ学部の先輩で、彼が初めて付き合った男性でした。処女も捧げて、卒業したら結婚するつもりでいたんです」

そこまで真剣に付き合っていた相手に、高校時代から交際している恋人がいて、二股をかけられていたことを知ったのだという。

「いいえ。二股じゃなくて、わたしとは遊びでしかなかったんです。いっそつまみ食い程度の気持ちだったんでしょうね」

おまけに、その男の本当の彼女から、泥棒猫だの、さっさと別れろだのと罵られ、香澄は深く傷ついたそうだ。

「じゃあ、その先輩のこと、ずいぶん恨んだんじゃないですか？」

この問いかけに、香澄は小さなため息をこぼした。

「先輩を恨んだというより、自分が情けなくて、馬鹿らしくなったんです。あんな男のことを信じて、セックスまでさせたわけですから。しかもタダで。肉体と時間を浪費しただけだったんです。だったらお金を取ってやればよかったと思いました」

まだ大学生の女の子が、そこまで打算的になれるものだろうか。

（失恋の痛手をやり過ごそうと、無理をしてドライに考えたんじゃないのか？）

一種の自己防衛かもしれないと思いつつ、昭人は黙って耳を傾けた。

「わたしは、あんなやつのことなんかきっぱり忘れて、夢を叶えるために努力することにしたんです。でも、ヘッドハンティングの本の著者に連絡をして、直接会って教えてもらっていたときに、愛人にならないかと誘われたんです」

その男には妻も子供もいたというから、最初からお金で買われたわけである。

「わたしがその誘いを受け入れたのは、プライベートもいっしょに過ごせば多くを学べると考えたのもありますけど、最初の男を見返したかったのもあったんでしょうね。自分のからだは、お金と引き換えにできる価値があるんだと」

そのときは団地ではなく、ワンルームながらマンションの部屋を与えられたという。

「その愛人関係は、まだ続いてるんですか？」

さっき香澄が、『わたしも愛人だからです』と現在形で言ったのを思い出して訊ねると、彼女は首を横に振った。

「いいえ。わたしがヘッドハンターとして独立したときに、すっぱりと別れました。だって、仕事ではライバルになるわけですから」

仕事を教え、尚かつ囲っていた女に、ある意味裏切られたようなものか。その男は、かなり悔しがったのではあるまいか。まして、香澄がここまで成功したのであれば。

(篠原さんは、男たちに仕返しがしたかったのかもしれないぞ)

最初の恋人に裏切られたのだ。男性不信になってもおかしくない。だからこそ、師事した男とも簡単に手が切れたのではあるまいか。

「この部屋は、篠原さんのお住まいなんですよね？」

「そうです」

「てことは、ここに篠原さんの、今のパパが通ってくるんですか？」

「ええ。もともとそのつもりはなかったんですけど、愛人の方たちのお世話をしているうちに、またやってみたくなったんです。心が疲弊しているときに、男性がいてくれると癒やされることもありますから」

パパがセックスを求めてやって来るのを、逆に利用しているということか。まあ、香澄の場合、お金のために愛人になる必要はないのだ。

「それじゃあ、愛人事業を始めたきっかけっていうのは何ですか？」

「瑠璃子さんです」

「え？」

「あのひとは、わたしがヘッドハントしたんです。もちろん愛人としてではなくて、ちゃんとした企業に依頼されてですけど」

その縁で仲良くなり、あれこれ話をする中で、愛人の話が飛び出したという。

「瑠璃子さんは、肉体が満たされないと仕事への意欲が殺（そ）がれるそうなんです。かと言って彼氏がいると、あれこれ束縛されてプライベートがなくなります。ですから、都合よくセックスができて、尚かつお金がもらえたら最高だということで、誰かの愛人になりたいと言ってたんです」

それを受けて、香澄も過去の経験や世情を鑑（かんが）みた結果、団地で愛人をするという今のシステムに行きついたという。さらに、様々な事情で愛人を志願する女性たちの手助けができたらと、募集して人数を増やしていったそうだ。

(なるほど、だからなのか)

昭人はようやくわかった。瑠璃子が愛人事業のことを詳しく説明できた理由が。何のことはない。彼女は設立に関わっていたのだ。誰がやっているのか知らないと言い張ったのは、香澄のことがバレないようにと考えてなのだろう。

(そりゃ、セックスが目的で愛人になったのに、パパが満足させてくれなかったら躍起になるよな)

瑠璃子が何度も求めてきたのは、テクニックを試すどうこうの前に、単なる欲求不満のせいだったのだ。そんな彼女が、ヘッドハントをされるほど有能な人材だというのは、ちょっと意外であったが。

香澄が女性たちのために愛人事業を拡大したのは、自身が傷ついた過去があるためかもしれない。男性不信もあって、女性に寄り添いたい気持ちになったのだとか。でなければ、忙しい本業を抱える身で、面倒なことに手を出さないだろう。

「わたしたちが愛人をしている理由が、これでわかりましたか?」

問いかけられ、昭人は我に返った。

「あ、ああ、はい」

「それで、まだ家政夫を続ける気持ちはありますか?」

探るような眼差しに気圧されたものの、答えはとうに決まっていた。

「ええ、もちろん。おれは家政夫として、皆さんのお役に立ちたいです」

お金のためとか、またいやらしい恩恵があるかもなんて下心からの言葉ではなかった。昭人は心から、香澄たちの役に立ちたいと思ったのだ。

「では、これから田中さんの最終審査をします」

厳かに告げられ、居住まいを正す。この部屋の掃除でもさせられるのかと思えば、そうではなかった。

「田中さんの家政夫としての仕事ぶりは、三人から聞いてわかっています。それから、家政夫以外のおつとめについても、全部」

香澄が眉をひそめる。では、肉体関係を持ったことも聞かされているというのか。

「い、いや、それは――」

「そこまでされるのは想定外でしたし、正直クビにしようかと思いました」

冷たく言い放たれ、昭人は恐縮した。もともと厳格なイメージのある彼女の言葉だけに、少しも逆らえない迫力があったのだ。

「けれど、皆さんが田中さんを称賛されていたので、気が変わりました」

「え？」

「わたしにも、三人にしたのと同じ奉仕をしていただきます。その上で、本採用にするかどうかを決めることにします」

香澄がすっくと立ちあがる。凜とした風貌で見おろされ、昭人は身を強ばらせた。

2

（本当にするのか……）

昭人は未だに戸惑いを消せなかった。六畳の寝室、ダブルベッドの上で、香澄が戻るのを待ちながら。

命じられて先にシャワーを浴びたため、彼は全裸にバスタオルを巻いただけの格好である。なのに、これからセックスをする実感がまったく湧いてこない。股間のイチモツも、いつもと変わらぬかたちのままであった。

そこへ香澄が現れた。バスタオルをからだにまとい、胸から腰までを隠している。雫の光る肩や太腿が妙になまめかしく、眼鏡を外した素顔も新鮮だ。

ピクン——。

ここに来て、ペニスが反応する。海綿体に血液が流れ込むのを感じて、昭人は無意識に脚を組んだ。

「では、始めます」

　ベッドのそばまで来た彼女が、バスタオルをはらりと落とす。間近で目にしたヌードは鮮烈で、昭人は思わず息を呑んだ。

　きっちりしたスーツ姿ばかりを目にしてきたから、これが本当にあの香澄なのかと、信じ難い気持ちが大きい。手に余りそうな乳房に、くびれたウエスト。プロポーションも見事であり、夢でも見ているような気分だった。

　しかし、ほのかに漂うボディソープの香りが、現実感を取り戻してくれる。

　彼女は昭人の脇をすり抜けてベッドに上がり、俯せで身を横たえた。

「さ、好きにしていいわ」

　一転、上から目線で許しを与えられても、何をどうすればいいのかさっぱりわからない。そんなことを言うときには、普通、仰向けになるのではないか。

　それでいて、豊かに盛りあがった臀部に、目を奪われたのも事実である。そこは重力などものともせず、しっかり高さをキープしていたのだ。

（ああ、篠原さんのおしり──）

　ナマ身を拝みたいとあれだけ熱望したものが、目の前にある。飢えた状態でご馳走を出されたみたいに、気持ちがぐんと引き寄せられた。

「田中さん、わたしのおしりをずっと見てたわね」

香澄が顔を伏せたまま言う。気がついていたのかと、昭人は動揺した。

その一方で、バレているのならかまうまいと開き直る。彼女もそれを意図して、俯せになったのだから。

遠慮なくと両手をのばし、ふっくらした双丘をいきなり鷲摑みにする。

「ンぅ」

かすかな呻きが聞こえたのもかまわず、ぷりぷりのお肉を揉みしだいた。

（ああ、なんて素晴らしいおしりなんだ）

指がやすやすと喰い込むほど柔らかなのに、かたちをすぐに戻す弾力にも富む。産毛が感じられる肌も極上の手ざわりで、感動せずにいられない。

そして、さらなる深淵も知りたくなる。

好きにしてもいいのだからと、昭人はたっぷりしたお肉を割り開いた。色素の沈着がほとんど見られない谷底に隠れた、桃色のアヌスが見えるまで。

（ああ、可愛い）

まさにツボミという風情に、あやしい昂りが胸を衝きあげる。侵しがたいほど可憐なのに、無茶苦茶にしたいという真逆な感情もふくれあがった。

昭人は我慢できず、谷間に顔を埋めた。

シャワーのあとで、そこはボディソープの香りしかしない。落胆したところで、昭人は（待てよ）と思った。

（篠原さん、おれが洗っていないアソコの匂いに昂奮したり、喜んで舐めたりしたことも聞いているのか？）

だから事前にシャワーを浴びたのかもしないと、居たたまれなくなる。あるいは、肛門を舐めたことも知っているのか。

（ええい、だったらかまわないさ）

香澄のそこにもキスしようとしたとき、もうひとつの重要なことに気がついた。彼女がまったく反応していないのだ。

（え、あれ？）

排泄口まで暴かれたのに、嫌がらないどころか恥ずかしがってすらいない。そもそも自ら尻を差し出した時点で、かなり冷めていると言えよう。

男性不信が高じて、男に何も期待していないのだろうか。だから何をされても平気なのだとか。

だとしたら、このまま続けるわけにはいかない。

もっと触れていたかった豊臀から手をはずし、昭人は香澄に添い寝した。

「仰向けになってください」

肩に手を置き、声をかける。

「ん……」

香澄はわずかに身をもぞつかせると、時間をかけてからだの向きを変えた。目が潤み、頬がわずかに赤らんでいるのは、おしりを悪戯されて恥ずかしかったのか。

これなら見込みがありそうだと、昭人は手を乳房へのばした。そこは仰向けになって、少し平たくなったようだ。

手前側のふくらみに、包み込むように手をかぶせる。柔らかな突起が掌(てのひら)に当たり、彼女が「あ……」と声を洩らした。

「おれ、もともと女性のからだでは、おっぱいが好きだったんです」

告白し、おしりよりもふにっと頼りない柔肉を、いたわるように揉む。

「そうなの？」

特に意外だというふうではない。まったく関心がないのか。

「だけど、今はおしりのほうが、断然好きになりました。篠原さ——香澄さんの素敵なおしりのおかげです」

親しみを込めて呼び方を変える。すると、香澄が眉をひそめた。

「おかげっていうのは、違うと思うけど」

冷静に返されてしまった。なかなか手強い。

（ええい。負けるものか）

昭人は真顔で彼女を見つめた。

「キスしてもいいですか？」

返事はなく、黙って瞼が閉じられた。つまりＯＫなのだ。

綺麗なかたちの唇に、昭人は自分のものを重ねた。

ふにっとして柔らかなそれは、フルーティな風味が感じられる。そういうリップを塗ったのか。かすかにこぼれる吐息が清涼なのは、歯を磨いたからだろう。

（クールだけど、細かな気遣いができるひとなんだな）

冷めているように感じられたが、実際はそれほどではないのかもしれない。もっとも、キスを許したのに、唇は閉じられていた。

これはじっくり時間をかけたほうがよさそうだ。昭人は唇を重ねたまま、軽く吸うだけで時間をやり過ごした。あとは乳房を優しく揉むぐらいで、香澄の心がほどけるのを待ったのである。

ここまでの余裕が持てるようになったのは、三人の愛人女性たちとの交流があったからこそである。セックスの歓びばかりでなく、女性そのものを教えられたのだと、今になってわかる。

「ん……」

香澄が身じろぎし、小鼻をふくらませる。進展しないものだから、焦れったくなったようだ。

何もしないわけではないと伝えるために、乳頭をそっと摘まむ。くにくにと転がすことで、そこがたちまち硬くなった。

「んふぅ」

閉じていた唇が緩み、喘ぎがこぼれる。その隙を逃さず、昭人は舌を差し入れた。すると、彼女が待ち焦がれていたみたいに、自らのものを戯れさせてくれる。チロチロとくすぐりあえば、裸身がしなやかにくねりだした。

「ン……んふぅ」

息づかいがはずみ、女体に変化が現れる。それでも性急にならぬよう、くちづけと乳首への愛撫のみをしつこく続けた。

「ふは――」

香澄が唇をはずし、大きく息をつく。目がさっきよりも潤み、頬も紅潮していた。

「どうでしたか？」

訊ねても、彼女は何も答えなかった。照れくさかったのか。それとも茫然自失の状態だったのかはわからない。

間が持たなくなって、昭人は反対側の乳頭に指を移した。そこも愛撫することで硬くなったものの、あまり反応がない。

（気持ちよくないのかな？）

最初のほうに戻ると、今度は切なげに身をよじる。「あん」と、艶っぽい声もこぼれた。

「こっちの乳首のほうが感じるんですね」

何気に言ったところ、香澄が火でも点いたみたいに真っ赤になる。

「な、なな、なに言って――」

焦りをあらわに目を泳がせたものだから、昭人は面喰らった。

（あれ、なにかヘンなことを言ったっけ？）

そして、不意に思い出す。前にも同じことがあったのだ。

そのときも、昭人が他意もなく口にした言葉に、彼女は妙にうろたえた。今となっては何と言ったのかも思い出せない、ごく普通の日常会話だったにもかかわらず。

要は、そのとき香澄の中にあった思いや感情と、こちらの言ったことがたまたま合致して、図星を突かれたみたいな反応を示したのではないか。今も長いキスで深層を見抜かれた気になり、ちょっとした指摘にも焦りをあらわにしたのだとか。

ともあれ、常に冷静に見えた彼女の、やけに人間らしい一面を垣間見て、昭人はときめかずにいられなかった。

「香澄さんって、すごく可愛い」

思いを真っ直ぐ伝えると、赤くなった顔が泣きそうに歪んだ。

「バカ……」

優しい声でなじられ、ますます愛しくなる。

昭人は彼女を抱きしめ、もう一度くちづけた。舌を戯れさせると同時に、手脚も深く絡ませ合う。

途中、昭人は腰のバスタオルを奪われた。香澄がそうしたのだ。夾雑物をなくし、からだをしっかり重ねたい気持ちの表れであったろう。

シャワーのあとでしっとりしていた肌が熱くなり、新たな湿りを帯びてくる。肉体が火照り、汗ばんだようだ。

抱き合いながら柔尻を揉むと、今度は身をしなやかにくねらせる。さっきとは違い、愛撫に反応してくれるのが嬉しい。それだけ気持ちが通い合ったと言えよう。

彼女の手もふたりのあいだに入り込む。すでに硬くそそり立っていた牡器官が、くるみ込むように握られた。

「むふっ」

昭人は太い鼻息をこぼした。手指の柔らかさが、筋張った筒肉に染み込む感じがしたのだ。

(だったら、おれも——)

ヒップの手を前に移動させ、股間をまさぐる。湿った秘毛をかき分け、指を這わせた窪地は、シャワーのお湯とは異なるもので潤っていた。

「むうう」

香澄が呻き、唇をはずす。ハァハァと息をはずませ、手にした秘茎を強く握った。

「これ、すごく硬い……」

つぶやくように言ってから、目を逸らす。感じたままを口にして、照れくさくなったのではないか。

「香澄さんのも、すごく濡れてますよ」

指を動かすと、恥裂に沿ってヌルヌルとすべるのだ。

「本当に？」

わかっているくせに、彼女が確認する。

「ええ、ほら」

クチュクチュと音が立つほどにこすると、可憐な耳が赤くなる。さらに、敏感な尖りを刺激したところ、「やん」と愛らしい声をあげた。

「もう……だけどわたし、そんなに濡れないのよ」

「え、そうなんですか？」

「うん。特に、ここで愛人を始めてからは。そのせいで、いつも挿れるのに時間がかかるの。しょうがないから、ローションを使うこともあるわ」

露骨な話に、胸の鼓動が大きくなる。男性不信がなかなか消えないため、癒やしとして男の肌を求めても、肉体は情欲の兆しを見せないのか。

(てことは、前に愛人をしてたときには、ちゃんと濡れたのかな？)

そのときは、ヘッドハンターになるという野望があって抱かれたから、自ら昂って濡れたのかもしれない。

「今はどうして、こんなに濡れてるんですか？」

訊ねると、香澄はまた目を逸らした。

「知らないわ」

意地っ張りなところにも、情愛がぐんと高まる。もっと感じさせて、いやらしい声をあげさせたくなった。

「ここにキスしてもいいですか？」

許可を求めると、彼女がハッとして身を強ばらせる。迷うように目を泳がせたから、駄目ではないのだ。

それでも、へたに許してしまったら、自分が望んでいるように取られると思ったらしい。

「好きにしなさいって言ったでしょ」

最初に言ったことを蒸し返し、難を逃れる。素直じゃないなと、昭人はほほ笑ましく思った。

「それじゃ、好きにします」

言ってから、からだの位置をずらす。顎や首、鎖骨の窪みにもキスを浴びせながら、徐々に下半身へと移動した。

おっぱいは特に念入りに、頂上をねぶる。乳輪を舌先でくるくると辿ってから、突起にしゃぶりついた。

「くーーンぅ、ううう」

香澄は喘ぎを堪えるように呻いた。

(我慢しなくてもいいのに)

さっきは片側の乳首が感じたのに、口をつけると両方とも同じぐらい切なげな反応を示す。吸われるのはどっちも快いらしい。

「も、もう……」

焦れったげに腰を揺らすのは、クンニリングスを求めたのに、なかなか進もうとしないからではないか。

ならばと、さらに下降して鳩尾（みぞおち）を舐める。愛らしいヘソにもキスをしてから、いよいよ女体の中心へと至った。

(うわ、すごい)

脚を大きく開かせ、そのあいだに顔を寄せた昭人は圧倒された。恥叢の真下、小ぶりの花びらをほころばせた女芯は、蜜でも垂らしたみたいにぐっしょりだったのだ。

おまけに、ぬるい秘臭が湯気のごとくたち昇る。ボディソープの香りではなく、彼女本来のかぐわしさ。ヨーグルトを薄めたような乳酪臭であった。

（こんなに濡らしてるなんて）

挿入にローションを用いるというのが嘘のよう。時間をかけた愛撫に、二十七歳のボディが女として開花したようだ。

「ねえ」

恥じらいを含んだ呼びかけに続き、たわわなヒップがベッドの上で揺れる。恥割れももどかしげにすぼまり、狭間に溜まっていた愛液をトロリと滴らせた。

そんな卑猥な光景を目の当たりにして、何もせずにいられるはずがない。昭人は濡れ園に口をつけ、溜まっていた蜜汁をぢゅぢゅッと音を立ててすすった。

「あひッ」

香澄が鋭い声を発し、豊臀を大きくはずませる。恥裂がキツくすぼまり、それ以上の探索を拒んだかに映った。

昭人は無視して舌を割り込ませ、熱を帯びた粘膜をほじるようにねぶった。

「あ、ああっ、あ――」

嬌声が耳に届く。艶腰が休みなくくねり、得ている快さを如実に物語った。

（よし、感じてるぞ）

嬉しくなって、舌をいっそう激しく躍らせる。敏感な肉芽が隠れているところを狙って攻めると、下腹が大きく波打った。

「ああ、ウソ……どうして――」

どうやら理解し難いほどに大きな悦びが襲来しているらしい。だったらこのまま頂上まで導いてあげよう。

昭人は唇を強く押しつけ、クリトリスを包皮ごと強く吸った。

「イヤイヤ、だ、ダメぇ」

よがる声音は、言葉ほどには嫌がっていない。むしろ肉体は歓迎をあらわにし、甘い蜜を止めどなく溢れさせる。

そんないやらしい反応を見せられれば、昭人のほうもたまらなくなる。股間の分身は痛いほどに猛り、反り返って下腹をぺちぺちと打ち鳴らした。

（うう、挿れたい）

しとどになった蜜穴に、一刻も早くペニスをぶちこみたい。高まる欲求を必死で抑え込んだのは、先に彼女を絶頂させねばという使命感ゆえだった。

ところが、そんな決心を挫けさせる言葉が、香澄から発せられる。

「ね、わたしにもオチンチンを舐めさせてっ！」

おそらく乱れそうになったため、インターバルを取ろうとしたのだろう。他の女性ならいざ知らず、あの生真面目を画に描いたような彼女の、あられもないおねだりだ。理性を砕くほどの威力があった。

そのため、昭人もしゃぶられたくなったのである。

「ねえ、お願い……わたしも、田中さんのオチンチンが舐めたいの」

そこまで露骨なことを言われて、やり過ごせるだけの我慢強さなど持ち合わせていない。だったらお言葉に甘えてと、女芯から口をはずすなり妙案が閃いた。

3

昭人に手を引かれ、香澄がからだを起こす。ハァハァと、肩で息をしながら。かなりのところまで高まっていたようだ。

交代して仰向けになった男のイチモツを、彼女はためらいもなく握った。

「こんなに硬くしちゃって」

濡れた目で手にした筒肉を見つめ、真上に顔を伏せようとしたところで、

「あ、待って」

昭人は快さに身をよじりつつ、声をかけた。

「え、なに？」

香澄が怪訝そうな面持ちでこちらを見る。

「上に乗ってください。おれにおしりを向けて」

「上に……え？」

「いっしょに舐めれば、ふたりとも気持ちよくなれますよね」

そこまで言われて、シックスナインを求められたとわかったようだ。

「そんな、恥ずかし――」

彼女が拒もうとしたものだから、昭人は奥の手を出した。

「おれの好きなようにしていいんですよね？」

さっき言われたことをお返しすると、香澄がぐっと言葉に詰まる。

「さあ、早く乗ってください」

急かすと、しょうがないというふうに唇を歪めた。

「もう……いやらしいんだから」

なじられても平気だった。何しろあの素敵なおしりを、顔で受け止めることができるのだから。

香澄が観念したように、のろのろと動く。昭人の胸を逆向きで跨ぎ、顔の前に大きなヒップを差し出した。

「ああん、もう」

と、恥じらいの嘆きをこぼして。

すでに秘部を見られ、舐められもしたのである。それでも、この格好は羞恥が著しいらしい。無防備にすべてをさらけ出すことになるからか。

(うわ、すごい)

目の前にすると、迫力は段違いである。今にも落っこちてきそうな丸みに、顔を潰されそうだ。

昭人は圧倒されつつも、谷間にひそむピンクのツボミに目を奪われた。そこもさっき目にした部分であったが、卑猥さが格段に優っている。

「あうう」

堪えようもなく呻いたのは、香澄が屹立に口をつけたからだ。半ば近くまで口に入れ、最初からピチャピチャと舌を激しく動かしたのは、劣勢を挽回するためであったろう。

(負けてたまるか)

昭人もたわわな柔尻を両手で摑み、自らのほうに引き寄せた。すぐにでもクンニリングスで応戦しようとしたのであるが、残念ながら後れを取ってしまった。

なぜなら、顔に乗ったお肉のもっちりした重みに、陶然となったからである。

（ああ、素敵だ……）

口許を濡れた陰部で塞がれ、息苦しいはずなのに、官能的な喜びにどっぷりとひたる。重さも苦しさも、快さに取って代わるようだ。

できることなら息絶えるまで、このままでいたい。たとえ地獄に堕ちても本望だ。なぜなら、今が天国そのものだから。

「むはッ」

昭人が遠のきかけた意識を取り戻し、抗って呼吸を回復したのは、香澄がフェラチオと同時に急所揉みを仕掛けてきたためだ。性感曲線が急角度で上昇し、我に返ったのである。

（うう、まずい）

与えられる悦びに目がくらむ。このままでは先に爆発してしまう。

昭人は急いで秘核を吸い、真正面から応戦した。

「むううう、むふっ」

香澄が豊臀を震わせて喘ぐ。こぼれる鼻息が、陰嚢に群れる縮れ毛を揺らした。

（おれ、香澄さんにチンポをしゃぶられてるんだ）

どんな顔で牡の漲りを咥えているのか、残念ながら見ることはできない。それでも、真面目そうな面立ちに、無骨な肉棒が刺さっている場面を想像するだけで、腰の裏がゾクゾクした。

おかげで危うくなり、慌てて気を引き締める。

（絶対に香澄さんを先にイカせるんだ）

舌を躍らせ、包皮を脱いだ秘核をはじく。馬鹿のひとつ覚えみたいに、一点集中で攻めまくった。

「むう……うう、ふはっ」

執拗な攻撃に、フェラチオの舌づかいが疎（おろそ）かになる。勃起を口に入れているのがやっとというふう。口許から垂れるよだれが、肉槍の根元をべっとりと濡らすのがわかった。

（よし、これなら――）

最後の仕上げとばかりに、尻割れに鼻面を深く突っ込む。鼻の頭でアヌスをぐにぐにと圧迫しながら、ふくらんで硬くなった肉芽を吸いねぶった。

「ぷは――」

とうとう香澄は、牡の剛棒を吐き出した。

「あ、あ、ダメぇ」

差し迫った声をあげ、強ばりきったものに両手でしがみつく。女らしい腰回りが、ワナワナと震えた。

昭人の勝利は確定的であった。ところが、またも彼女のひと言が、レースをスタートに引き戻す。

「ね、お願い。これ……オマンコに挿れてっ！」

卑猥すぎるおねだりに、昭人は口淫奉仕を続けられなくなった。

(香澄さんが、そんなことを言うなんて！)

禁断の四文字は瑠璃子も口にしたが、衝撃はあのときの比ではなかった。おかげで、もっちりヒップを掴んでいた手の力が緩む。

その隙を逃さず、香澄が上から飛び退く。視界が開け、涙目でこちらを睨む彼女が見えた。

「バカ……やりすぎよ」

そこまで酷いことをしたつもりはなかったから、なじられるのは心外であった。だが、今にも泣き出しそうな顔を見せられ、憐憫の情が湧く。

「すみません」

謝ると、香澄が気まずげに唇を歪めた。

「そんなことはいいから。ね、しよ」

再び彼女が仰向けで寝そべり、昭人は正常位で身を重ねた。

（ああ、いよいよだ）

胸がはずみ、ペニスも小躍りする。それを香澄が握り、中心へ導いてくれた。

縦ミゾに沿って、亀頭がこすりつけられる。溢れていたラブジュースにカウパー腺液も混じって、クチュクチュと淫らな濡れ音がこぼれた。

「あん、こんなに」

自身の濡れように、彼女も戸惑っているようだ。

「いいわ。来て」

肉根の指がはずされる。昭人はひと呼吸置いて、女体の深淵に身を投じた。

ぬぬぬ――。

ふくらみきった陽根が、抵抗なく呑み込まれる。

「あ、ああっ」

香澄がのけ反って声をあげたとき、昭人は快い締めつけの中にいた。

(入った……)

感激が胸に満ちる。セックスをするのは、この団地に来て四人目なのに、久しぶりに交わった気がした。

「はふぅ」

ひと息ついて、香澄がしがみついてくる。

「田中さんの、大きくて硬いわ」

ストレートな感想が気恥ずかしくて、昭人は我知らず顔をしかめた。言われるほど立派なモノでないことぐらい、自分でもわかる。

にもかかわらず、

「そんなに?」

と、確認してしまった。

「うん……オマンコ、壊れちゃいそう」

またも卑猥な発言をされ、頭がクラクラする。

「ねえ、動いて」

「あ、うん」

昭人は抽送を開始した。クンニリングスでは無理だったが、セックスで彼女を絶頂させるのだと意気込んで。

ところが、それが甘い考えだとすぐに気がつく。フェラチオで高められ、尚かつ求めていたヒップと密着して昂奮しすぎたためもあり、早くも爆発しそうだったのだ。

(うう、まずい)

昭人は動きをセーブした。いくらか落ち着くのを待って、再びリズミカルに攻め立てる。

「あ、あ、あん」

彼女は悩ましげに喘いだものの、頂上へ向かう様子はなかった。それでも頑張って励めば、今度は自身が危うくなる。

(うう、どうすればいいんだ)

募る快感と使命感の狭間で身悶えていると、香澄が首をかしげた。

「え、どうかしたの?」

「……もう、出そうなんです」

情けなさにまみれて白状すると、彼女が納得顔でうなずく。

「だったら、中に出しなさい」

「え、でも」

「わたし、ピルを飲んでるから、妊娠の心配はないわ」

しかし、問題なのはそれだけではない。

「だけど、香澄さんはまだ——」

「それにわたし、セックスではイケないから」

「え？」

「最初のカレとのときはイケたんだけど、そのあとは一度もイッてないわ」

裏切られたショックが尾を引いて、昇りつめそうになると不信感がブレーキをかけるのか。さっき、絶頂間近で口唇奉仕をストップさせたのも、回避したい気持ちが働いたせいかもしれない。

「だから、田中さんだけイッてちょうだい」

そう言われて、昭人は「わかりました」とピストンを再開させた。釈然としないままに。

「あ、あん、あっ」

香澄が声をはずませる。そのトーンは一定で、確かに絶頂は無理そうだ。

(だけど、おれは梨花ちゃんをイカせたんだぞ。セックスでイッたことがなかったたっ

ていうのに）

だから香澄もと、昭人は歯を食い縛って励んだ。出し挿れのリズムをキープして、少しでも彼女を上昇させようと躍起になる。

しかし、その意欲も空回り気味で、射精欲求のみがふくれあがった。

「うう、も、もう」

脳が歓喜に蕩け、目の奥に火花が散る。いよいよ限界が迫ってきた。

すると、香澄が両脚を掲げ、昭人の腰に絡みつけた。

「いいわよ。中に出して」

腰づかいを促すように、脚の力を緩めたり強めたりする。それに乗せられて、昭人は否応なく頂上へ走った。

「あ、あ、出る。いく――」

愉悦の極みで、全身がバラバラになる。ぎくしゃくと腰を振りながら、蜜穴の奥で多量の精をしぶかせた。

（うう、すごく出てる……）

ビクッ、ビクッと腰がわななくのに合わせて、熱いエキスが尿道を通過する。そのたびに、悦楽の痺れが体内に生じた。

オルガスムスの波が引き、気怠さが総身を包む。

（くそっ……おれってやつは——）

昭人は悔しかった。無力感に苛まれ、余韻にひたるなんてできなかった。

そのため、射精後も腰を振り続けたのである。

「え、イッたんじゃないの？」

香澄が戸惑うのもかまわず、蜜窟を抉り続ける。過敏になった亀頭が柔ヒダでこすられ、さらに中出しした精液もグチュグチュと泡立ったものだから、強烈なくすぐったさに音を上げそうになった。

それでも抽送をやめずにいると、

（あれ？）

昭人は気がついた。彼女の中で、分身が萎えずに漲っていることに。刺激を受け続けたおかげで、エレクトを維持できたようだ。

そして、香澄にも変化が現れる。

「え、なに……？」

はずんでいた喘ぎ声のトーンが変わる。一定だったものがシャープして、さらに音階を上げた。

「ウソ、あ、どうして──」

戸惑いながらも息づかいが荒くなり、裸身も淫らにくねりだす。

「イヤイヤ、あ、こんなの……わたし、ヘンになっちゃう」

すすり泣き交じりによがる彼女を、昭人はここぞとばかりに攻めまくった。自身も再び上昇していたものの、今度は間に合うという根拠のない自信を持てたのだ。

「あ、あん、いやぁ、こ、こんなの初めてぇ」

香澄がしがみついてくる。「イヤイヤ」と頭を振って髪を乱し、昭人の二の腕に指を痛いほど喰い込ませた。

「いいよ、イッて。おれもイクから」

はずむ息づかいの下から声をかけると、彼女が頭をガクガクと前後に揺らす。うなずいたのか、それとも頂上を迎えての反応だったのか。

その直後、

「イヤぁ、あ、あ、イッちゃう。イクイクイク、すごいの来るぅっ！」

初対面の堅物な印象が嘘のように、香澄は盛大なアクメ声を張りあげた。均整のとれたヌードを大きくバウンドさせ、快楽の極みへと駆けのぼる。

「むぅおおおおっ」

昭人も二度目の頂上を迎え、愛しいひとの体奥に、ありったけの激情を放った——。

汗ばんだ裸身を寄り添わせ、ふたりは気怠い快さに漂った。

「……ところで、おれは正式に採用してもらえるんですか？」

思い出して訊ねると、

「当然でしょ」

香澄が面倒くさそうに答えた。

「あなた以上に適役な家政夫さん、いるはずがないわ」

「本当に？」

「ええ。言ったでしょ。わたしは、ひとの才能を見抜く力があるのよ」

優秀なヘッドハンターに断言されることで、自信が湧いてくる。ついでに、芸人についても適性を知りたかったが、駄目出しをされたら立ち直れないと思い、訊かずにおいた。

香澄が胸に額をこすりつけて甘える。それから、独りごちるように言った。

「この事業は続けるつもりだけど、わたしは愛人をやめようかしら……」

「え、どうして？」

「なんだか虚しくなってきたの。愛人よりも、普通の恋人がいいかなって」

熱情のひとときと、セックスでのオルガスムスが、頑なな心を溶かしたのか。

「だったら、おれが恋人に——」

立候補しかけた昭人であったが、香澄はあくまでもクールだった。

「ま、いちおう候補に入れてあげるわ」

言ってから、エヘンと咳払いをする。

「とにかく、家政夫としてしっかり頑張ってもらうわよ。愛人をしている女性は、この団地にまだまだいるんだからね。そのひとたちのためにも、骨を折ってちょうだい」

ということは、他の愛人たちともイイコトができるのだろうか。などと、不埒なことを考えた昭人であったが、

「ひょっとして、一号棟や三号棟にもいるんですか？」

恐る恐る訊ねた。そんなに大勢いたら、さすがに身が持たないと思ったのだ。

「ううん。二号棟だけよ」

香澄の返答に、胸を撫で下ろす。次の瞬間、昭人は愛人事業に関わる最後の謎に思い至った。

「なるほど。愛人は二号さんとも呼ばれますから、二号棟だけにいるんですね」

この指摘に、香澄が目を丸くする。感心した面持ちでうなずいたものの、

「その発想はなかったわ」

あきれた口調で突き放した。


（了）

＊本作品はフィクションです。作品内の人名、地名、
団体名等は実在のものとは関係ありません。

長編小説

愛人団地（あいじんだんち）

橘 真児（たちばな しんじ）

2021年2月4日　初版第一刷発行

ブックデザイン……………………… 橋元浩明（sowhat.Inc.）

発行人………………………………………後藤明信
発行所………………………………………株式会社竹書房
〒102-0072　東京都千代田区飯田橋2－7－3
電話　03-3264-1576（代表）
03-3234-6301（編集）
http://www.takeshobo.co.jp
印刷・製本…………………………中央精版印刷株式会社

■本書の無断複写・複製・転載を禁じます。
■定価はカバーに表示してあります。
■落丁・乱丁の場合は当社までお問い合わせ下さい。
ISBN978-4-8019-2535-9　C0193
©Shinji Tachibana 2021　Printed in Japan